W0308913

btb

Aus Freude am Lesen

Lars Saabye Christensen

Die blaue Kuppel der Erinnerung

Lars Saabye Christensen

Die blaue Kuppel der Erinnerung

Aus dem Norwegischen
von Christel Hildebrandt

btb

Die norwegische Originalausgabe erschien 2006 unter dem Titel »Saabyes Cirkus« bei Cappelen, Oslo.

Das Gedicht »Ich sehe« von Sigbjørn Obstfelder wurde übersetzt von Ursula Gunsilius, erschienen in »Ringsum Millionen Sterne.« Poetische Meisterwerke; Verlag Eiswasser, Vechta 2000.

FSC
Mix
Produktgruppe aus vorbildlich bewirtschafteten Wäldern und anderen kontrollierten Herkünften
Zert.-Nr. SGS-COC-1940
www.fsc.org
© 1996 Forest Stewardship Council

Verlagsgruppe Random House FSC-DEU-0100
Das für dieses Buch verwendete FSC-zertifizierte Papier *Munken Premium* liefert Arctic Paper Munkedals AB, Schweden.

1. Auflage
Copyright © 2006 by J.W. Cappelens Forlag AS, Oslo
Copyright © der deutschsprachigen Ausgabe 2009 by btb Verlag in der Verlagsgruppe Random House GmbH, München
Satz: Uhl + Massopust, Aalen
Druck und Einband: GGP Media GmbH, Pößneck
ISBN 978-3-442-75208-9

www.btb-verlag.de

Ich fiel in Paris. Direkt vor den Augen meiner Verleger und Übersetzer, nicht nur aus Europa, den USA und Südamerika, sondern auch aus Australien, Neuseeland und Japan, nicht zu vergessen die Journalisten, die an diesem Abend natürlich auch zur Stelle waren; vor all ihren Augen fiel ich von der Bühne im ehrwürdigen Auditorium 2, während der großen Buchmesse in Paris, am 4. März 2005, um 19.03 Uhr. Ich war eingeladen worden, um über das Besondere an der nordischen Literatur zu sprechen, genauer gesagt über den norwegischen Roman, gern über meine eigenen, wenn ich denn eine besondere nordische oder norwegische Prägung in einem von ihnen finden könnte, und wenn ich etwas darüber sagen wollte, wie oder warum ich überhaupt zum Schriftsteller geworden war, dann war das auch herzlich willkommen. Der Rahmen war, um es höflich auszudrücken, weit gesteckt, und das hätte mich eigentlich wachsam machen sollen, aber Erfolg macht einen oft träge, unaufmerksam, fast gleichgültig, und ich muss zugeben, ich hatte Erfolg, wie man so sagt. Ich war also im Gefahrenbereich, ohne es selbst zu wissen.

In diesem Zustand ging ich die fünf Stufen hinauf auf die schmale, wacklige Bühne, die eigens für diesen Anlass aufgebaut worden war und in keinem Verhältnis zu dem großartigen Interieur ringsumher stand. Sie war sicher von einer Firma bereitgestellt worden, die sonst für Sportvereine, den 14. Juli und kirchliche Basare arbeitete. Der Applaus brach los, sobald ich mich zeigte, und erstarb ebenso schnell wieder. Es lag Erwartung in der Luft. Ich verneigte mich. In meiner Jackentasche hatte ich einen Notizzettel, auf den ich nur drei Worte geschrieben hatte, drei Stichworte, in Verbindung mit dem umfassenden Thema des Abends, nämlich der Frage, was die nordische Literatur besonders auszeichnet, genauer gesagt den norwegischen Roman, und wie oder warum ich Schriftsteller geworden war, wenn ich Gelegenheit finden würde, darüber etwas zu sagen, und diese drei Worte lauteten *Zeit, Stille, Melancholie.* Ich hatte bereits im Vorfeld die Organisatoren, schriftlich wie mündlich, um einen Stuhl gebeten, einen Stuhl, auf dem ich sitzen konnte, weil ich schnell unsicher werde und mir dann schwindlig wird, wenn ich stehen und gleichzeitig reden muss, das hat etwas mit meiner Atmung und dem Herzrhythmus zu tun, die Ärzte würden es sicher als supraventrikuläre Extrasystolen bezeichnen; sicher auf einem Stuhl sitzend, schlägt mein Herz ruhig und zuverlässig, ein Metronom aus Fleisch und Blut, aufrecht stehend kommen dagegen Doppelschläge am laufenden Band, wie bei einem Hund, den man am Brustkorb festgebunden hat. Und sie hatten den Stuhl nicht vergessen. Er stand ganz hinten an der Wand, die von einer riesigen Landkarte von Skandinavien bedeckt war, und es war ein enttäuschend gewöhnlicher Holzstuhl, ungefähr wie die Stühle, die man früher in der Schule benutzt hat oder die so gerne in erbärmlichen Wartezimmern bei unsensiblen Zahnärzten zu stehen pflegen, Sitz und Rückenlehne aus dünnen Spanplatten und ohne Armlehnen. Das würde schon seinen Mann erfordern, von diesem Stuhl aus inspiriert über Literatur zu sprechen, das begriff ich sofort, doch es bekümmerte mich nicht, denn ich war ja auf Erfolgskurs. Außerdem erschien es mir unpassend, so dicht vor der Landkarte von Skandinavien zu sitzen, ich verdeckte ja fast ganz Dänemark, das konnte zumindest irritierend erscheinen, vom Publikum aus gesehen. Deshalb zog ich den Stuhl zum Bühnenrand hin. Das hätte ich nicht machen sollen. Bevor ich nur ein Wort gesagt hatte, begann ich bereits zu fallen. Das eine Stuhlbein ragte über den Rand. Der Stuhl kippte vornüber. Ich konnte gerade noch sehen, dass die Uhr an der Tür ganz hinten im Saal 19.03 zeigte. Ich konnte gerade noch all die lächelnden, freundlichen Gesichter sehen, die noch gar nicht bemerkt hatten, was da passierte. Und dieser eine Augenblick dehnte sich in all seiner Grausamkeit aus und erstarrte in einer schrägen Narbe auf meiner rechten Stirnseite. So fiel ich in Paris. Der Stuhl verschwand unter mir. Ich fiel kopfüber, ins Publikum, auf den Boden, in den Abgrund. Es gibt Menschen, die benutzen den Ausdruck freier Fall. Entweder lügen sie, oder sie wissen nicht, wovon sie reden. Denn kein Fall ist frei. Derjenige, der fällt, ist unfrei. Mein Fall war so unfrei, wie ein Fall in aller Öffentlichkeit nur sein kann. Niemals war ich weniger frei. Wie eine schlackernde Puppe, eine wütende Marionette, aufs Geratewohl von den Fingern eines bösen Gottes an die Fäden geknüpft, hing ich frei in der Luft, zwischen Bühne und Saal, zwischen Kronleuchter und Parkett, und ich hörte bereits Rufe, die erschrockenen Rufe des Publikums, ich hörte bereits Schritte, die sich näherten, ich sah, dass die Uhr an der Tür immer noch 19.03 zeigte, und ich hatte bereits damit begonnen, darüber nachzudenken, wie ich aus dieser unanständigen Situation wieder herauskommen könnte, diesem beängstigenden Auftritt, mit einem Hauch, nur einem Schatten, einem Zipfelchen von Ehre, ich könnte bleich auf dem Boden liegen bleiben; ganz gleich, wie sehr ich mir weh getan hatte, könnte ich wie tot liegen bleiben und damit das Ungeschick zum Schicksal erheben, das Unglück zur Katastrophe, das Lachen zum Weinen, Ärzte und Rettungswagen müssten herbeigerufen werden, Wiederbelebungsversuche wären vonnöten, und dann, wenn ich im Rollstuhl säße, gelähmt vom Nacken bis zu den Zehen, könnte ich diese unfähige Firma verklagen, die diese schiefe Bühne gebaut hatte, diese schrägen Breitengrade, ich könnte ihn oder sie verklagen, die Person, die diesen lächerlichen Holzstuhl vor die Wand gestellt hatte, ich könnte die ganze Buchmesse verklagen, ja, ich könnte sogar Paris verklagen, Chirac, Le Pen, den Eiffelturm und Proust. Andererseits könnte ich auch Großmut zeigen und allen vergeben. Doch so weit kam ich nie. Ich streckte beide Arme in die Luft, als winkte ich ein allerletztes Mal zum Abschied oder wie in einem letzten, pathetischen Versuch, nach etwas zu greifen, um mich festzuhalten, einem unmöglichen, festen Anhaltspunkt, dem Schatten in meinem Leben, einem rauen Trapez in der blauen Kuppel der Erinnerung, und von diesem Augenblick an, diesem nachhaltigen Augenblick, konnte ich mich selbst vor Bruns Musikaliengeschäft stehen sehen, in der Bygdøy allé, wie ich die elektrische Gitarre bewunderte, die im Fenster ausgestellt war, zwischen Trompeten und Ziehharmonikas, nämlich eine fiestarote Fender Stratocaster, mit angeschraubtem Ahorngriff, Ahorngriffbrett, Volumenkontrolle und drei einzelnen Coilmikrofonen, und das Einzige, was ich wusste: diese Gitarre musste ich haben. Ich habe die Bygdøy allé schon erwähnt, dass ich in dieser Straße stand, in dieser hochherrschaftlichen Straße mit ihren vornehmen Fassaden, die in Neorenaissance und Barock gehalten waren, Oslos Pariserischer Boulevard, der vom Lapsetorvet bis zur Frognerkilen und zum Kongsgården selbst reicht und der nicht zuletzt durch das Lied *Wenn die Kastanien blühen in der Bygdøy allé* Unsterblichkeit erlangte, wenn ich es so deutlich sagen darf, und das darf ich, vorgetragen ein für alle Mal mit sanfter Bravour von Jens Book-Jensen. Aber die Kastanien blühten nicht. Sie waren dabei, sich von den Zweigen zu lösen, und bald würden diese grünen Granaten, die Seeigel des Baumes, auf die Schädel nichtsahnender Fußgänger hinabsegeln, die jeden Herbst aufs Neue vollkommen überrascht schienen, dass die Kastanien in der Bygdøy allé herunterfielen, bis auf diejenigen, die einen Hut trugen, und das taten ja eigentlich die meisten, Frauen wie Männer, in der Bygdøy allé. Und nachdem das gesagt ist, kann ich ebenso gut auch das Datum nennen, einer Erzählung tut es nämlich nur gut, einen sachlich klaren Zeitpunkt zu haben, eine Erzählung findet nicht nur an einem Ort statt, sie findet auch zu einem Zeitpunkt statt, und die Zeit ist auch ein Ort: 10. September 1965, ich war auf dem Heimweg von der Schule, ich ging in die erste Realschulklasse in Vestheim, und war also gerade dort stehen geblieben, vor Bruns Musikaliengeschäft in der Bygdøy allé, um wieder einmal die elektrische Gitarre im Schaufenster zu bewundern. Und wenn jemand daran interessiert ist, was an diesem Tag sonst noch geschah, so kann ich den Ungarn Gyula Zsivotsky erwähnen, der bei einem Wettkampf in Debreczin einen neuen Weltrekord im Hammerwerfen aufstellte mit einem Wurf von 73,74 Meter, die Rolling Stones lagen mit *Satisfaction* an der Spitze der britischen Hitparade, und am Tag zuvor waren auf Blindern 58,7 Millimeter Niederschlag gemessen worden, was einen neuen Rekord für diese Wetterstation bedeutete. Jetzt war es jedoch trocken, mit einem kalten Zug in der Luft, an der Grenze zwischen Sommer und Herbst. Aber das hat nicht viel mit der Sache zu tun, das ist nur das wacklige Gerüst der Erzählung. Was zählt, das ist das Etikett, das mit einem Gummiband an der Schraube der untersten Saite befestigt war: 2250 Kronen. Ich hatte fünfzig Öre in bar, dreiundvierzig Kronen auf dem Konto im Djusklubben, eine Abkürzung für den »Jungs-Sparclub«, und dieses Konto war mit Stacheldraht und Vorhängeschloss bis zum nächsten Sommer verschlossen, und in der Woche bekam ich drei Kronen Taschengeld, dafür, dass ich den Müll hinunterbrachte, mein Essen aufaß, mein Zimmer aufräumte und auch sonst ganz vernünftig war, mit anderen Worten, eine Mauer an Kapital, eine ganze Geldgrube, eine schwindelerregende Summe, stand da zwischen mir und der Gitarre, nicht nur das blankgeputzte Schaufenster, das die Versuchung noch vergrößerte. Auch ein Erbe war in nächster Zeit nicht zu erwarten, denn meine Eltern standen noch mitten im Leben, wie sie jeden Samstag zu sagen pflegten, und waren verhältnismäßig gesund, obwohl meine Mutter bei Vollmond über Kopfschmerzen und mein Vater manchmal über seinen schmerzenden Rücken klagte, wenn eine neue Arbeitswoche die Wirbel wie eine Ziehharmonika zwischen Nacken und Gürtel zusammendrückte, es konnte natürlich ein Unfall passieren, Unfälle passierten immer, und die meisten Unfälle passieren außerdem ja im Haus, wo die Norweger die meiste Zeit ihres Lebens verbringen, daheim, Mutter konnte beispielsweise beim Gardinenaufhängen von der Leiter fallen und sich den Kopf am Türpfosten aufschlagen, und Vater konnte der Schlag treffen, wenn er von der Arbeit kam und sie auf dem Boden liegend vorfand, aber so weit dachte ich nicht, es war eine Sünde, solche Gedanken zu haben, denn man stelle sich nur vor, wenn diese Gedanken in Erfüllung gingen, was dann? Eine Möglichkeit bestand darin, die Gitarre zu stehlen, aber wie stiehlt man eine elektrische Gitarre, ohne erwischt zu werden? Ein Marsriegel, eine gefrorene Safttüte oder ein Hockeypuck, das war etwas anderes, das brauchte man nur schnell in die Tasche zu stecken, unter die Jacke, in einen Stiefel, nicht, dass ich das jemals getan hätte, ich habe nur gesehen, wie es andere gemacht haben, einer, der bereits polizeibekannt war. Eine Fender Stratocaster dagegen erforderte mehr Platz, so ein Instrument zu stehlen, das war kein Klauen mehr, das war regelrechter Diebstahl, dazu brauchte man sicher eine Strumpfmaske, einen Rollkragenpullover, eine tiefe Stimme und eine Waffe, diese Möglichkeit schob ich mit anderen Worten weit von mir. Und Geburtstag hatte ich erst wieder nächstes Jahr, und bis Weihnachten waren es noch drei Monate und zwei Wochen, und selbst wenn jetzt Heiligabend gewesen wäre, so hätte ich niemals eine elektrische Gitarre bekommen, auch wenn sie ganz allein auf meiner Wunschliste gestanden hätte; eine fiestarote Fender Stratocaster, und eine gewisse Anzahl von Scheinen vom Haushaltsgeld in der dritten Schublade rechts im Büfett im Wohnzimmer zu klauen, das würde bedeuten, direkt ins Gefängnis zu wandern, wo doch Vater Kassierer in der Bank am Solli plass war, und damit nicht genug, er war Hauptkassierer, was bedeutete, dass, wenn es darauf ankam, nur noch der Finanzminister, Onkel Dagobert und Gott über ihm standen und nicht ein Öre an ihm vorbeirollte. Mutter war übrigens meistens zu Hause, abgesehen von einem oder zwei Tagen im Monat, da war sie nicht da und zufrieden, und an diesen Tagen, es handelte sich normalerweise um einen Montag, bediente sie bei Lunds Kamera & Film in der Tidemands gate, manchmal entwickelte sie auch Filme, in der Dunkelkammer hinter dem Laden, und den Rest der Woche rochen Mutters Finger geheimnisvoll nach Chemie, und alles, was sie berührte, wurde zu Bildern, sogar ich, wenn sie mir ihre Hand auf die Stirn legte und Gute Nacht sagte, wurde ich zu einem Bild, das sich mit anderen Träumen vermischte. Aber all das können Sie erst einmal vergessen. Ich werde Sie noch rechtzeitig wieder an meine Eltern erinnern. Das Einzige, was Sie sich merken müssen, das ist die elektrische Gitarre, das Preisschild, 2250,– Kronen, und dass ich pleite war.

Also, was tun?

Ich konnte auf kürzestem Weg nach Hause gehen, die Hausaufgaben noch vor dem Essen machen und dann den restlichen Abend nicht mehr viel zu tun haben, nur aufs Abendbrot zu warten, während ich den wehmütigen, langweiligen Opern lauschte, die die anderen Tagediebe in unserem Aufgang aufführten, ob ich nun wollte oder nicht, denn die Wände waren dünner als Butterbrotpapier in diesem Gebäude, das von den Leuten im Viertel, zumindest von denen in der Straße, Zahnreihe genannt wurde, wahrscheinlich wegen der schmalen, sogenannten französischen Balkone, die mit ein wenig gutem Willen oder Unwillen, je nachdem, wie man es möchte, an ein Gebiss erinnern konnten, das seit mindestens einem Menschenalter nicht mehr geputzt worden war. Was mich betraf, so hätte ich das Gebäude lieber als Mundhöhle bezeichnet. Es gab dort ziemlich viel schlechten Atem. Und ich brauchte nicht einmal mein Ohr an die braune Tapete zu legen, um hören zu können, wie Wasser und Dünnschiss an meinem Zimmer vorbeiflossen, und jede Nacht hörte ich Gundersens verrückte Rufe, ob ich es nun wollte oder nicht, wenn es ihm im obersten Stockwerk zu viel wurde zwischen all seinen leeren Flaschen, und das war so ziemlich meistens der Fall, ganz zu schweigen vom permanenten Pfeifen, von dem wir annahmen, es würde niemals enden, doch das tat es dann doch, es nahm ein Ende, und das war kein schöner Tag, nicht zu vergessen die Steine, die Tom Curling zu allen Tageszeiten über das Linoleum rollen ließ und die hinter dem Herd im Tor landeten. Das Einzige, auf was ich einigermaßen stolz sein konnte, wenn es um meinen Wohnort ging, das war die Adresse. Ich wohnte in der August aveny. Es gibt nicht viele Avenuen in Norwegen, mir fällt nur noch eine ein, und die liegt irgendwo draußen auf Bygdøy. Nicht einmal der König wohnt in einer Avenue. Aber ich, auf dem Hügel zwischen dem grünen Robsahmhagen und den Luftschutzbunkern, die die Deutschen während des Krieges gebaut haben und in denen sicher immer noch fünf tote Soldaten in voller Uniform liegen, die heute noch ihren Befehlen gehorchen. Es hieß, die August aveny hätte ihren Namen daher, weil der August der Monat ist, der allen Jahreszeiten am nächsten kommt. Aber nun genug davon. Ich hätte einfach weitergehen können, die leeren Straßen entlang, die auf Skillebek zulaufen, wie ich es häufig tat, und in Laub, Träumen und den goldenen Refrains der Schlager verloren gehen. Das war meine Flucht. Das war mein Trost. Und besonders folgende Zeilen gingen mir nicht aus dem Kopf: *Listen, do you want to know a secret?* Ich machte große Umwege durch Straßen, die später die meine werden sollten, und ich hörte dieses Lied, das gleichzeitig traurig und fröhlich war, schnell und langsam, ich hörte es in mir, aber in erster Linie waren es die Worte, denen ich lauschte: *Listen, do you want to know a secret, do you promise not to tell.* Oder ich konnte fest gegen einen Kastanienbaum treten und auf diese Art und Weise den Herbst schneller herbeiholen, um so den Winter bald überstanden zu haben. Aber stattdessen trat ein Kunde aus dem Laden, ein älterer Mann mit glänzenden Schuhen, beigefarbenen Handschuhen und einem nass gekämmten Bart, schmal wie eine Seidenraupe. Ich wusste, wer er war, obwohl ich nicht einmal wusste, wer ich war. Aber wer wusste das schon? Meine Eltern? Die Lehrer? Die anderen in meiner Klasse? Auf jeden Fall keiner von denen. Niemand wusste, wer ich war. Davon war ich überzeugt. Ich war unsichtbar. Ich wurde eins mit den Dingen. Ich hatte einen Namen, aber keinen Körper, auch kein Gesicht. Wenn ich mich abends schlafen legte, fand ich nur einen Bügel aus gedrehtem Draht, auf den ich meinen Pyjama hängen konnte, und wenn ich Glück hatte, dann war meine Mutter in der Dunkelkammer gewesen und entwickelte meine Augen für kurze Zeit, bevor sie wieder in den Träumen verschwanden. Ich kann mich erinnern, dass mir mal jemand sagte: Du hast so schöne Augen. Ich wurde wütend, nein, nicht wütend, ich bekam Angst. Bedeutete das, dass der Rest von mir hässlich war oder dass man ihn nicht sehen konnte? War das nur eine höfliche Art und Weise, zu sagen, dass ich hässlich oder unsichtbar war? Du hast so schöne Augen. Aber dieser Mann, der aus Bruns Musikaliengeschäft kam, war also im Europa zwischen den Kriegen ein berühmter Pianist gewesen, und es hieß, dass Amerika ihm zu Füßen gelegen habe. Er hatte in den größten Sälen gespielt, Carnegie Hall und die Scala und viele andere. Jetzt war er Korrepetitor im Chat Noir. Er trug in der einen Hand ein hellgrünes Notenheft, in der anderen hielt er einen schwarzen Regenschirm. Und im Knopfloch seines langen Kamelhaarmantels steckte eine Blume, eine blaue Blume, und ich nahm den Duft der toten Blume wahr, ein besonderes, verkehrtes Parfüm, und dieser uralte Musikant, abgedankt und hoch dekoriert, der mich nicht einmal bemerkt hat und der auch nicht wieder auftauchen wird, das kann ich versprechen, der einfach nur an mir vorbeigeht, überlegen und zufällig, mit einer blauen Blume im Knopfloch, ist dennoch die Naht dieser Erzählung, er ist der beschwerliche Übergang, die Verlängerung, die nicht sichtbar werden soll, und ich wollte ein guter Schneider sein, einer, der den Stoff mit Fäden der Zeit näht, denn in dem Moment, als er den süßen, fast Übelkeit erregenden Duft mit sich nahm und für immer um die nächste Ecke verschwand, da wusste ich, dass es nur eine Möglichkeit gab, an die ich bisher nicht gedacht hatte, und es war genau diese Möglichkeit, an die ich bisher nicht gedacht hatte, die ich jetzt ergreifen musste.

Und so lief ich geradewegs zur Niels Juels gate und blieb vor einem anderen Schaufenster stehen, atemlos, ungeduldig, aber das, was dort ausgestellt war, das war nichts, was ich begehrte, mir wünschte, wovon ich träumte oder wonach ich mich sehnte. Ich wünschte mir nur, dass es umgesetzt werden konnte, nämlich in Geld, und dabei war es letzten Endes gar nicht das Geld, was ich haben wollte, denn mit diesem Geld wollte ich natürlich die Gitarre kaufen, denn was sollte ich mit Geld, wenn ich es nicht für etwas benutzen konnte, sollte ich mit ihm Münzenwerfen spielen, es in der Matratze verstecken, es aufs Sparkonto legen und vierzig Öre Zinsen bekommen, oh nein, 2250 Kronen wollte ich verdienen, nicht mehr und nicht weniger, das war genau der Wert der Gitarre, und ich glaube, ich begriff etwas am Ende dieser anstrengenden Gedankenkette, dass man, um etwas zu erreichen, etwas ganz anderes tun muss, das meiste in der Welt, das ist nur Mittel zum Zweck, beispielsweise Zensuren, Schlaf, Flaschenpfand, Lebensversicherungen, Reflektoren, Lebertran, Höflichkeit und Regenschirme, aber was für den einen ein Mittel ist, ist für den anderen das Ziel, und um ein Ziel zu erreichen, das also ebenso gut auch nur ein Mittel sein kann, muss man lange und fragwürdige Umwege gehen, manchmal so lange, dass man sich fast verläuft und vergisst, wohin man will. Das wollte ich auf keinen Fall vergessen. Das Fenster war voll mit Blumen. Die Blumen waren mein Mittel. Sie sollten mich zu der elektrischen Gitarre führen. Auf der anderen Seite des großen Beetes wuchs eine fiestarote Fender Stratocaster. Mit anderen Worten: Ich stand vor Finsens Blumengeschäft.

Am 10. September 1965 wohnten 3 707 966 Menschen in Norwegen, mich selbst nicht mit eingerechnet.

Von diesen gehörten 483196 zu Oslo, und auch hier habe ich mich selbst nicht mit eingerechnet.

An jedem einzelnen Tag, auch an diesem, einem Mittwoch, wurden 173 Kinder geboren, während 101 Menschen starben.

1,8 Millionen Telefongespräche fanden statt, 65 Paare heirateten, und sechs Ehepaare wurden geschieden, 20 Menschen bei Verkehrsunfällen verletzt, 13 ins Gefängnis gesteckt, 90 000 Menschen gingen ins Kino, und 244 000 Liter Bier wurden getrunken, wozu Gundersen aus unserem Hauseingang einen größeren Beitrag leistete.

Das Sonderbarste war jedoch, dass 71 Prozent aller Norweger an ein Leben nach dem Tode glaubten, während nur 28 Prozent an Gott glaubten. Wie hing das zusammen? 43 Prozent, die an ein Leben nach dem Tode glaubten, glaubten also nicht an Gott. Aha. Sie wollten gleichzeitig auf zwei Hochzeiten tanzen. Sie wollten hier auf Erden so viel wie möglich erleben, mit Bier, Scheidungen, Kino und Gefängnis. Und trotzdem verlangten sie nach dem ewigen Leben. Und was nun, wenn es zum Teufel ging?

Darüber dachte ich einc Weile nach.

Aber in erster Linie fragte ich mich:

Wie viele Blumensträuße werden wohl an so einem Tag verschickt?

Es konnten nicht gerade wenige sein, zumindest ebenso viele wie die Zahl derjenigen, die starben und geboren wurden, also 274 Sträuße, und diejenigen, die bei Verkehrsunfällen verunglückten und sich verheirateten, die bekamen natürlich auch Blumen, zweifelhafter war es mit denen, die geschieden oder ins Gefängnis gesteckt wurden, aber man konnte ja nie wissen, vielleicht schickte ihnen jemand garstige Blumen, voller Dornen, Wespen und Kletten, und ich nahm an, dass diejenigen, die all das Bier tranken, sicher nachdem sie im Kino gewesen waren, auch jemandem am nächsten Tag Blumen schickten, also morgen, aber all das geschah ja jeden einzelnen Tag wieder in Norwegen, deshalb war auch gestern jemand im Kino gewesen, hatte 244 000 Liter Bier getrunken und schickte heute Blumen.

Ich öffnete die Tür zu Finsens Flora und ging hinein.

Eine Glocke läutete, als die Tür hinter mir ins Schloss fiel.

Es war niemand da.

Ich blieb stehen und wartete zwischen Sträußen in allen Farben, Gestecken in den verschiedensten Formen und Moos, Kränzen, Gras, Kakteen, Farn, Lianen, Tannenzweigen, ich stand am Grunde eines Urwalds in der Niels Juels gate.

Tropfen rannen über die Blätter, es tropfte vom Dach, und bald würde das Fenster beschlagen, ein warmer, grüner Regen zwischen mir und der Welt, und die Luft war so schwer, dass man wahrscheinlich Europameister im Gewichtheben sein musste, um sich länger aufrecht halten zu können.

Selbst die Kasse, in der die Fünfziger auf Kupferstielen blühten, schwitzte.

»Hallo?«, flüsterte ich. »Hallo?«

Endlich kam jemand aus dem Hinterzimmer die drei Stufen herunter bis zum Verkaufstresen. Es war eine Dame. Sie war auf jeden Fall nicht Europameisterin im Gewichtheben für Frauen, falls es so etwas überhaupt gab, vielleicht in Ungarn, zusammen mit den Hammerwerferinnen dort, nein, sie war ganz im Gegenteil so flach, dass ich sicher in meinem Herbarium Platz für sie gefunden hätte oder im Briefmarkenalbum. Sie trug einen blauen, raschelnden Kittel. Ihr Haar lag wie eine graue Krone über dem blassen, spitzen Gesicht. Sie ähnelte einer belgischen Königin. In der einen Hand hielt sie eine Rose, in der anderen ein Messer.

Dann entdeckte sie mich.

Sie stützte sich mit den Ellbogen auf den Tresen, während sie weiter die Dornen von der Rose entfernte.

»Ein bisschen früh für den Muttertag«, sagte sie.

Daran hatte ich überhaupt nicht gedacht.

»Braucht ihr einen Blumenboten?«, fragte ich.

Die belgische Königin sah mich erneut an.

»Das musst du mit Finsen selbst besprechen.«

Sie deutete nach hinten.

Ich ging an ihr vorbei. In einer Ecke stand ein Ofen. Auf einem Tisch lagen Stapel von Papier und alten Zeitungen, Aftenposten, alles nur Aftenposten. An den Wänden stapelten sich weiße Pakete mit orangefarbenen Adressetiketten. Ein Wasserhahn unter einem Spiegel lief, und die Gardinen vor dem einzigen Fenster waren zugezogen.

Ich blieb in einem Haufen von Stielen und Blättern stehen.

Derjenige, der Finsen Selbst sein musste, saß auf einem Drehstuhl mit dem Rücken zu mir. Auch er trug einen Kittel, doch der war grau. Rauch stieg von seinem Kopf auf.

»Sprich nur«, sagte er.

Die Stimme war trocken und ungeduldig, als wäre er seit seiner Geburt erkältet, und das musste gewesen sein, bevor der Hustensaft erfunden wurde.

Zum zweiten Mal fragte ich:

»Braucht ihr einen Blumenboten?«

Finsen Selbst schwieg eine Weile. Während sein Kopf weiterrauchte. Er hustete hässlich. Seine Schultern bebten. Dann kam er wieder zur Ruhe.

Er sagte:

»Ihr? Bin ich heute in der Mehrzahl? Oder königlich? Was? Oder siehst du doppelt? Hast du getrunken? Dann kannst du kein Blumenbote werden.«

Er verwirrte mich. Und nichts war mir unangenehmer als Verwirrung. Verwirrung und Schadenfreude sind eins. Deshalb wäre ich am liebsten gegangen. Aber dann sah ich vor meinem inneren Auge, wie man so sagt, ein prächtiges Bild auftauchen, die rote Fender Stratocaster, und statt abzuhauen, trat ich ganz im Gegenteil einen Schritt näher zwischen Stielen und Blättern und fragte, und das war damit das dritte Mal, seitdem die Tür bei Finsens Flora hinter mir ins Schloss gefallen war:

»Brauchst *du* einen Blumenboten?«

Einen Moment lang war ich unsicher, ob ich *Sie* hätte sagen sollen, und rechnete damit, dass die Schlacht verloren war. Doch da drehte Finsen Selbst den Stuhl herum und nahm mich lange in Augenschein. Seine Finger waren keineswegs grün, sie waren gelb, fast braun, sogar an beiden Händen, vielleicht rauchte er zwei Zigaretten gleichzeitig, wenn es hart auf hart kam.

Er hob die winzigste Kippe der Welt hoch und inhalierte mit seinem ganzen Gesicht.

»Wo wohnst du?«, fragte er.

»Skillebekk«, sagte ich.

»Skillebekk? Skillebekk ist ein ganzer Kontinent, mein Junge. Wenn ein Kunde Blumen bestellt, glaubst du, dann reicht es, wenn er sagt, dass sie nach Skillebekk gebracht werden sollen? Oder Norwegen? Oder die Welt? Bring sie in die Welt, zweiter Stock rechts. Ja?«

»August aveny«, sagte ich.

Finsen Selbst schaute mich lange an und lächelte mit der Hälfte seines Mundes.

»August aveny? Versuchst du mich auf die Probe zu stellen? Versuchst du das tatsächlich?«

»Ich sage nur, wo ich wohne.«

»Und du sagst, dass du in der August aveny wohnst.«

»Weißt du nicht, wo die August aveny ist?«

Finsen Selbst lachte jetzt mit dem ganzen Mund.

»Wer weiß nicht, wo die August aveny ist? Das wissen alle. Die Frage ist vielmehr, ob du weißt, wo du bist.«

Jetzt verwirrte er mich wieder. Und ich kann es nicht vertragen, verwirrt zu werden. Es ist ein hässlicher Kniff. Die Hand der Verwirrung ist hohl, und genau da wollen die Leute dich haben, in der hohlen Hand.

»Finsens Flora«, sagte ich.

Er ließ den Mund zuklappen.

»Aber wie heißt die Straße zwischen Tinker'n und Bananen?«

Ich musste überlegen.

»Die Strandpromenade«, sagte ich.

»Die Strandpromenade? Aha. Ist die Strandpromenade eine Straße? Brauche ich einen Blumenboten, der glaubt, dass die Strandpromenade eine Straße ist? Wenn die Strandpromenade eine Straße wäre, dann hieße sie Strandgate. Und die Strandgate liegt ganz woanders. Ist das so schwierig zu verstehen?«

»Nein.«

Ich war bereits auf dem Weg nach draußen. Ich war gefeuert worden. Ich hatte meinen Abschied schriftlich bekommen, bevor ich überhaupt eingestellt worden war. Vielleicht war das ein Rekord.

Finsen Selbst kam mir hinterher. Ich fürchtete, er würde mich von hinten niederschlagen.

»Wie heißt du? Du weißt, wie ich heiße. Warum soll ich dann nicht wissen, wie du heißt? Ist es etwa nicht die ganz normale Höflichkeit, sich vorzustellen, wenn mein Name in großen Buchstaben über dem ganzen Laden steht?«

Ich blieb stehen und sagte meinen vollständigen Namen.

»Hast du ein Fahrrad?«, fragte er.

»DBS. Ballonreifen.«

»Und wann kannst du anfangen?«

Ich drehte mich um.

»Wie bitte?«

Finsen Selbst zappelte ungeduldig mit den Fingern und warf die Kippe in eine Vase, in der sie wie eine wütende Wespe zischte.

»Hörst du schlecht? Brauche ich einen Blumenboten, der auch noch schlecht hört? Muss ich dich alles zweimal fragen? Wann kannst du anfangen?«

»Morgen«, sagte ich.

»Du bekommst eine Krone pro Paket in Oslo 2, und die meisten Kunden wohnen glücklicherweise in Oslo

2. Nördlich von Adamstuen, westlich von Hoff und östlich von Vestbanen sind es dagegen eine Krone fünfzig. Und was du als Trinkgeld bekommst, das kannst du behalten. Ist das klar?«

Das bedeutete, dass ich mindestens 1500 Blumen austragen musste, bevor ich mir die Stratocaster leisten konnte, wenn ich jeden Tag fünf Blumen zum Austragen hatte, abgesehen von Sonntagen und den Ferien, dann würde es ungefähr ein Jahr dauern, bevor die Gitarre mir gehörte, also bis zum nächsten Herbst, und das war ein unüberschaubarer Zeitraum, das war ein ganzer Kalender mit Blättern, in Blei gegossen, das war eine Sahara von Sekunden, durch die ich mich barfuß schleppen musste, bevor ich meine Hand auf den geschmeidigen Ahornhals der Gitarre legen könnte. Ich begann den Mut zu verlieren. Aber hatte ich eine Wahl? Sollte ich vielleicht anfangen zu trinken, die leeren Flaschen sammeln und dann vom Pfand leben, genau wie Gundersen aus dem dritten Stock? Nein, vielen Dank.

»Das ist klar«, sagte ich.

Finsen Selbst holte nach vielem Hin und Her ein Paket hervor und zeigte mit dem größten seiner braunen Finger auf den Adressenanhänger.

»Siehst du den? Du reißt den unteren Teil entlang der gestrichelten Linie ab, und da soll der Kunde oder ein Mitglied des Hausstands quittieren und genau Datum und Uhrzeit eintragen, bevor du die Blumen abgibst, damit jedes Missverständnis beim Überreichen vermieden wird, und du darfst dich unter keinen Umständen über die Türschwelle in die Wohnung hineinbewegen, wenn du nicht ausdrücklich darum gebeten worden bist, vielleicht, weil es zu kalt im Hausflur ist und der Kunde nicht mehr Geld für die Heizung verschwenden will als nötig. Kannst du das Wichtigste von dem, was ich gerade gesagt habe, wiederholen?«

»Dass ich nicht über die Türschwelle gehen soll.«

»Du meinst also, das wäre das Wichtigste, ja? Oder tust du nur so, als wäre es das Wichtigste, weil es das Letzte ist, was ich gesagt habe, und das Einzige, woran du dich noch erinnerst? Hast du auch noch ein schlechtes Gedächtnis? Glaubst du vielleicht, ich würde dich nicht sofort durchschauen? Was um alles in der Welt soll ich mit einem Blumenboten mit schlechtem Gedächtnis, der kaum hören kann und alles doppelt sieht?«

»Das Wichtigste ist, dass der Kunde quittiert«, sagte ich.

»Du kommst der Sache schon näher.«

»Und Datum und Uhrzeit aufschreibt.«

Ich wusste nicht, was ich noch hätte sagen sollen.

Finsen Selbst trat einen Schritt näher. Ihm Aug in Aug gegenüberzustehen, das war, als rauchte man eine Zwanzigerpackung Teddy ohne Filter.

»Das Wichtigste ist, dass der Kunde quittiert, *bevor* du die Blumen abgegeben hast. Wie sollte ich sonst den Laden führen können?«

»Verstanden«, sagte ich.

»Und noch etwas. Wenn der Kunde nicht zu Hause ist, dann klingelst du bei dem nächsten Nachbarn und bittest ihn, die Blumen anzunehmen und auf die gleiche Art und Weise zu quittieren, und wenn im ganzen Haus niemand daheim ist, dann kommst du mit dem Paket wieder zurück. Blumen dürfen unter keinen Umständen, hörst du, unter absolut keinen Umständen vor der Tür des Kunden abgelegt werden. Laut Gesetzbuch der Blumenhändler, Paragraph achtzehn, steht auf ein derartiges Verbrechen die Todesstrafe. Und das ist hoffentlich ebenfalls glasklar verstanden worden?«

Ich war kurz vor dem Nervenzusammenbruch oder Durchfall.

»Ja«, flüsterte ich.

»Übrigens, kannst du lesen?«

»Ja, natürlich.«

Er zeigte wieder auf den Adresszettel.

»Und was steht hier also?«

Ich las laut vor:

»Halvor Wight. Mogens Thorsens gate 31 a. Oslo 2.«

»Und wo liegt das?«

»In Skillebekk«, antwortete ich.

Finsen Selbst lächelte. Die Zähne in seinem Mund ähnelten seinen Fingern.

»Was hast du gesagt, wann du anfangen willst?«

»Morgen.«

»Falsch. Heute.«

Er gab mir das Paket. Ich hielt es in den Händen und blieb stehen. Es war ein ganz besonderer Augenblick. Irgendwie verfestigte er sich in mir. Das waren meine ersten Blumen.

»Danke«, sagte ich.

»Sei still und nimm das hier.«

Das hier war ein Kugelschreiber.

Ich trug das Paket vorsichtig die drei Stufen in den Laden hinunter und ging genauso vorsichtig über den glatten Boden des Geschäfts. Vorne hielt diejenige, die Frau Finsen Selbst sein musste, mir die Tür auf. Als ich an ihr vorbeiging, fragte sie:

»Du bist also unser neuer Blumenbote?«

Ich nickte.

Sie lehnte sich an meine Schulter und sah mich lange an.

»Weißt du, warum er dich haben wollte?«, fragte sie.

»Eigentlich nicht.«

»Weil du genau so aussiehst, als würdest du genau das tun, was er sagt.«

Die Tür fiel hinter mir ins Schloss.

Ein fcincr Regen lag in der Luft.

Ich schaute zum Himmel hoch. Die Möwen waren aus Glas. Alles war durchsichtig. Ich konnte bis in Gottes Büro sehen. Es war leer.

Was hatte der flachbrüstige Kittel gesagt?

Du siehst aus wie einer, der genau das tut, was er sagt.

Niemand hatte das bisher so deutlich ausgesprochen.

Und ich habe mich oft gefragt, ob das meine Natur ist, meine gehorsame Natur, die man auch in meinen Zügen lesen kann, wie ein Stempel, dem ich mich nicht entziehen kann, der Stempel des höflichen Sklaven, die Finger gekreuzt, und diese Höflichkeit ist nichts anderes als die gebügelte Garderobe der Angst.

Als jemand sagte, ich hätte schöne Augen, war das nur ein Ablenkungsmanöver.

Viele Jahre später, was noch nicht so lange her ist, schrieb ich Folgendes:

Die Erzählung ist der einzige Ort, an dem der Ungehorsam eine Tugend ist.

Ich richtete meinen Blick wieder auf den Boden und folgte der Niels Juels gate, vorbei an den Straßenbahnschienen im Frognerveien, überquerte die Bygdøy allé und sah bereits eine Kastanie fallen, und an der nächsten Ecke konnte ich rechts in die Mogens Thorsens gate einbiegen, die ihren Namen nach dem Schiffsreeder trägt, der die Mogens-Thorsens-Ehegattinnen-Stiftung und Wohngenossenschaft für Witwen und ältere Fräulein gegründet hat. Es war kein Problem. Ich fand Nummer 31a. Das war auch kein Problem. Die ungeraden Zahlen waren auf der rechten Seite und die geraden auf der linken. So war es in allen Straßen. Jemand muss an die Blumenboten gedacht haben, als die Stadt geplant wurde. Den Eingang A fand ich dagegen nicht gleich, und mir wurde klar, dass es Finsen Selbst war, der mich auf die Probe stellen wollte. C und B konnte ich mit bloßem Auge erkennen, aber ich musste mindestens zweimal an dem Gebäude vorbeigehen, an dem wilde Weinreben wie glühende Gardinen vor die Fenster gezogen worden waren, ohne etwas zu finden, das Eingang A hieß, und ich verfluchte diejenigen, die auf diese hinterhältige Ordnung gekommen waren, mit A, B und C, vielleicht noch mit D, E und F, nur weil sie noch Eingänge übrig hatten.

Es war fast vier Uhr. Ich geriet langsam in Panik. Es fehlte nicht viel, und man würde mich beim Roten Kreuz einliefern müssen. Ich musste jemanden fragen. Der Zeitungsbote saß vor B auf seiner Karre und trank Kaffee aus einer roten Thermoskanne. Es war der gleiche Zeitungsbote, der auch bei uns die *Aftenposten* brachte. Er ging mit der *Aftenposten*, seit sie 1860 gegründet worden war. Es gab niemanden sonst, den ich hätte fragen können. Also fragte ich ihn. Er nahm sich viel Zeit. Ich konnte die ganze Abendausgabe lesen, bevor er sich herabließ, mir zu antworten. Da stand zum Beispiel drin, dass Gyula Zsivotsky einen neuen Weltrekord im Hammerwerfen aufgestellt hatte und dass für morgen, also den 11. September 1965, noch mehr Regen vorausgesagt wurde. Während des Krieges verteilte der Zeitungsbote nicht die *Aftenposten*. Da balancierte er auf dem Bug eines Schiffes, das in der Nordsee torpediert worden war. Und dieser Zeitungsbote gehört auch nicht zu dieser Geschichte, er passiert die Zeilen, wie ein Tourist von einem Land zum anderen wandert, abgesehen davon, dass er bei uns die Zeitung austrägt, zweimal täglich, bis er stirbt, in einem Hospiz in der Bergsliens gate, Weihnachten 1973, ohne Medaillen, aber mit einer glänzenden schwarzen Erinnerung auf dem abgewetzten Revers, und ohne Hurrageschrei, nur mit dem Geräusch der Kameraden im Ohr, die sich die Nägel und Finger aufreißen, während sie den Rumpf entlangrutschen.

»Bist du nicht der Sohn des Bankdirektors persönlich?«, fragte er.

Ich nickte und ließ ihn in dem Glauben.

»Und jetzt bist du also ein Blumenbote?«

»Bei Finsen Selbst.«

Der Zeitungsbote drehte mit zitternden Händen den Deckel auf die Thermoskanne und stand langsam auf.

»Hauptsache, du läufst mir nicht zwischen die Beine.«

»Natürlich nicht.«

»Denn ich war zuerst hier.«

»Natürlich warst du das.«

»Damit das ein für alle Mal klar ist.«

»Natürlich.«

Der Zeitungsbote beruhigte sich ein wenig nach diesem heftigen Austausch, und schließlich zeigte er die Straße hinunter.

»Weißt du, 31a, das ist eine harte Nuss. Denn 31a liegt nicht im gleichen Gebäude wie 31c und b, sondern in der Bygdøy allé, die einen Zugang von der Fredrik Stangs gate her hat. Verstehe das, wer will.«

Ich schüttelte den Kopf.

»Ich jedenfalls nicht.«

Dann lief ich um die Ecke der Fredrik Stangs gate, zu dem Eingang dort, während der Zeitungsbote mir triumphierend hinterherrief:

»Aber jetzt weißt du es!«

Und tatsächlich, dort fand ich Eingang A, ich fand Halvor Wights Namen, und ich fand seine Tür im ersten Stock rechts. Es ist leicht, etwas zu finden, wenn man weiß, wo man suchen muss. Weiß man es nicht, findet man etwas ganz anderes, und wozu soll das gut sein? Die Welt ist zu groß. Es hat keinen Sinn, nach einer Nadel in Amerika zu suchen, wenn man sie in Afrika verloren hat. Ich fuhr mir schnell mit dem Kamm durchs Haar, riss den unteren Teil des Adresszettels ab, zog den Kugelschreiber heraus und klingelte. Es dauerte und dauerte. Ich klingelte noch einmal. Wieder dauerte es. Vielleicht war Halvor Wight ja tot, und diese Blumen kamen zu spät zu seiner Beerdigung. Dreimal musste ich klingeln. Dann hörte ich, wie sich etwas näherte, von einem weit entfernten Ort, tief drinnen im Dschungel der Wohnung, es war das unmissverständliche Geräusch von Pantoffeln und Mensch. Es dauerte einige Stunden. Ich überlegte, was ich sagen sollte. Darüber hatte Finsen Selbst nichts gesagt. Halvor Wight, I presume. Dann wurde die Tür geöffnet. Ein gebeugter Mann in Unterhemd, Hosenträgern und, wie gesagt, Pantoffeln, stand vor mir. Er wirkte sehr misstrauisch, fast mürrisch.

»Ich bringe Blumen«, sagte ich.

Ich gab ihm den Abschnitt und den Kugelschreiber. Er wirkte nicht mehr misstrauisch und mürrisch, sondern verwirrt.

»Für mich?«

»Sie müssen mit Ihrem Namen unterschreiben, Datum und Uhrzeit, da.«

Er zögerte.

»Und du bist dir ganz sicher, dass sie für mich sind?«

»Wenn Sie Halvor Wight sind, Mogens Thorsens gate 31a, Oslo 2?«

»Der bin ich.«

»Dann sind sie für Sie. Wenn es keinen anderen gibt, der Halvor Wight heißt und in der Mogens Thorsens gate 31a, Oslo 2 wohnt.«

Er schüttelte langsam den Kopf und schrieb seinen Namen auf den Abschnitt, zögerte dann aber wieder.

»Welches Datum haben wir?«, fragte er.

»Es ist zehn vor vier, am zehnten September 1965«, sagte ich.

Er schrieb langsam und ordentlich, gab mir schließlich den Abschnitt und den Kugelschreiber, es war an der Zeit, ihm das Paket zu überreichen, und er nahm es mit beiden Händen entgegen.

»Bitte schön«, sagte ich.

»Warte kurz«, flüsterte er.

Halvor Wight war ungefähr eine Stunde lang verschwunden. Ich dachte, er wollte vielleicht zunächst die Blumen ins Wasser stellen, um zu sehen, ob sie auch funktionierten. Doch als er zurückkam, nahm er meine Hand und drückte mir einen Schein hinein, einen Fünfer, einen echten Fünf-Kronen-Schein, und ich konnte nur noch ganz kurz sein Gesicht sehen, bevor er die Tür schloss, und Halvor Wight war nicht mehr mürrisch, misstrauisch und auch nicht mehr verwirrt. Er war selig, gerührt, ja, erlöst ist auch ein Wort, was ich heute benutzen würde. Halvor Wight war erlöst. Ich war der Blumenbote. Ich war der Mittelsmann. Ich brachte Freude. Ich brachte süße Düfte in eingeschlossene Treppenhäuser. Ich lieferte das Licht in dunkle Eingänge und holte das Lächeln zurück auf die Gesichter. Ich war auch berührt. Es war gegenseitig. Denn ich wurde bezahlt. Ich bekam Lohn für dieses heilige Streben. Mit anderen Worten war ich der elektrischen Gitarre einen Abschnitt und fünf Kronen Trinkgeld näher gekommen. Wenn das so weiterging, konnte sie mir gehören, noch bevor die Kastanien in der Bygdøy allé blühten.

Aber sobald ich auf dem Bürgersteig stand, tauchte eine Frage in mir auf, und diese Frage stellte ich mir den ganzen Herbst über, sie war wie eine Scheuerstelle, ein Stein im Schuh, denn ich fand einfach keine Antwort darauf: Wer schickte dem alten, heruntergekommenen Halvor Wight Blumen? Wer schickte überhaupt all diesen Menschen Blumen, bei denen ich bald in dieser Stadt klingeln sollte?

Die Wege des Blumenboten sind unergründlich.

Ich lief durch den akustischen Regen nach Hause in die August aveny.

Mutter deckte in der Küche den Tisch.

»Du kommst spät«, rief sie.

Ich lief in mein Zimmer und versteckte den Fünfer in einem Schuhkarton, in dem einmal ein Paar Sandalen mit doppelten Riemen gelegen hatten und den ich einfach *Bankschachtel für Trinkgelder und andere unvorhersehbare Einkünfte* nannte. Nur ich, niemand sonst hatte die Erlaubnis, ihn zu öffnen. Den Abschnitt mit Halvor Wights Autogramm, dem Datum, der Uhrzeit und der Jahreszahl, legte ich in die leere Federtasche von vor zwei Jahren und nannte sie *Archiv für alles, was ich noch gut habe.* In ein leeres Notizheft schrieb ich meine erste Adresse, damit ich sie nicht vergaß: *Mogens Thorsens gate 31 a*. Der Titel dieses Notizheftes lautete nach einiger Überlegung: *Die Bibel des Blumenboten,* ein Atlas für rechtschaffene Mittelsmänner.

Es war also klar, dass ich mir als Blumenbote eine gewisse Ausbildung zulegen musste. Das konnte ich beispielsweise, indem ich gründlich das Stadtlexikon von Oslo las. Dort las ich unter anderem über die Regelung der Hausnummern, nämlich dass die Nummern einer Seitenstraße bei der Hauptstraße beginnen, wo sie anfängt, und dass es von Vorteil ist, wenn die Eingänge immer die Nummer zu der Straße hin haben, zu der sie gehören. Als Blumenbote konnte ich dem nur zustimmen. Es war unerhört, dass eine Nummer in der Mogens Thorsens gate den Eingang in der Fredrik Stangs gate hatte. Das gehörte sich einfach nicht. Aber ich sollte mich eher darüber freuen, dass es überhaupt Straßenschilder gab, sie wurden erst 1759 eingeführt, und bis zu der Zeit hatten die Höfe und Gebäude alle ihre eigenen Namen, und auf diese Art und Weise fand man sich zurecht. Jetzt musste ich Orte und Adressen auswendig lernen, die von einer besonderen, genauen Poesie geprägt waren, die ich damals nicht so recht zu schätzen wusste, wie Røfyllgata, Christensens løkke, Røverstatene Algier, Tunis und Tripolis, Sorgenfri, Blåsen, Stupinngata, Slåmotgangen und Jerusalems mølle, das klang wie Lieder über die engen Gassen und Plätze zwischen Lampenmasten und Abwassersielen. Das Einzige, was mich enttäuschte: Ich fand die August aveny nicht in diesem Lexikon, aber wenn man es genau nahm, spielte das auch keine Rolle – wenn jemand hier, gegen jede Vermutung, Blumen bestellen würde, dann wusste ich ja auch so, wo ich hingehen musste.

Aber etwas, das ich nicht wusste, war, dass es laut letzter Zählung im Jahre 1951 zehn Millionen Nadelbäume in Oslo gab. Man vergisst leicht, dass auch die Nordmarka zu Oslo gehört. Mit anderen Worten gibt es zwanzig Mal mehr Nadelbäume als Menschen in Oslo. Das gab zu denken. Ich wohnte in einer Stadt, in der die Menschen in der Minderheit waren. Oslo war in erster Linie Natur. Andererseits rechnete ich nicht damit, dass viele Blumen nach Zinober, Slakteren oder Oppkuven gehen würden.

So stand ich eine Weile am Fenster und war ganz zufrieden mit dem Leben. Zu dieser Jahreszeit würde es bald möglich sein, durch die kahlen Äste bei Robsahm den Oslofjord zu sehen. Das Wasser sah aus wie das Blatt einer frisch geschliffenen Axt, die direkt in die Stadt geschlagen und das Rathaus in zwei Teile gespalten hatte. Das allerletzte Segelboot lehnte sich ans blanke Eisen. Ich konnte mich kaum daran erinnern, jemals so zufrieden mit dem Leben gewesen zu sein. Seit mehr als dreizehn Jahren, also seitdem ich in der Frauenklinik in der Josefines gate geboren worden war, laut Gerüchten mit den Füßen zuerst, hatte ich mehr oder weniger im Ungewissen gelebt, im Ungleichgewicht, in Unruhe, als wäre etwas in meinem Kopf kaputt oder noch nicht repariert, doch in diesem Augenblick, solange er währte, und die Reichweite des Augenblicks ist gleichzeitig grenzenlos und begrenzt, begrenzt in der Zeit und grenzenlos nach dem Maßstab der Erinnerung, das nennt man die Ausdauer des Augenblicks, fielen also die Mosaikteilchen an ihren Platz. Ich konnte keinen anderen Schluss ziehen, als dass der Sinn meiner selbst erfüllt worden war.

Dann kam Vater von der Bank. Ich hörte, wie er wie üblich seine Tasche abstellte, sich die Hände wusch und das Hemd wechselte. Dann riefen sie nach mir. Ich ging in die Küche und setzte mich zu ihnen.

»Wo bist du gewesen?«, fragte Mutter.

Hier sollte ich vielleicht eine genaue Beschreibung dessen geben, was wir aßen, an diesem Mittwoch, dem zehnten September 1965, diese endlosen literarischen Menüs, die in gewisser Weise die Portraits junger, melancholischer Jungen aus Oslo, Norwegen, während der Nachkriegszeit glaubwürdiger und nahrhafter machen sollen, um mit mageren Metaphern die besonderen Züge dieser Epoche unserer Geschichte hervorzuheben, nämlich Nüchternheit, Sparsamkeit und Genügsamkeit, Tugenden, die schon seit langem lächerlich gemacht werden und auf dem Müllhaufen landen, und nicht zuletzt sollen diese Schilderungen der einfachen Tafelfreuden, wo die Familien sich zu festen, unveränderlichen Zeitpunkten um den Tisch versammelten und die dem Tagesablauf Rhythmus und einen Plan gaben, das Licht auf das Kreuz der Hausfrau werfen: sieben verschiedene Mahlzeiten pro Woche war etwas, das all ihre Phantasie und ihr Planungsvermögen erforderte. Jede Mahlzeit war eine neue Fiktion, basierend auf einer wahren Geschichte: Kartoffeln. Aber ehrlich gesagt erinnere ich mich nicht mehr daran, was wir aßen. Und warum auch sollte ich um alles in der Welt fast ein halbes Jahrhundert herumgelaufen sein und mich daran erinnern, was bei einer Mahlzeit an einem Mittwoch, mitten in der Woche, auf dem Tisch gestanden hatte? Hat das Gedächtnis nicht vielleicht anderes, was es sich merken muss? Wenn das nicht als Entschuldigung reicht, dann kann ich gern behaupten, dass wir Fischgratin hatten; dass wir Wasser dazu tranken, kann ich mit Sicherheit sagen, das taten wir jeden Tag, abgesehen vom Sonntag, da trank Vater Bier, Mutter trank Wein, und ich trank weiterhin Wasser, und es ist nicht abwegig, dass wir zum Dessert Kefir mit einem Teelöffel Zucker hatten, und wenn das nicht genügt, dann kann ich auch noch den etwas trockenen Makronenkuchen vom letzten Samstag erwähnen, den Mutter zusammen mit dem Kaffee später am Abend servierte. Es hat keinen Sinn, mir zu widersprechen. Denn diese Mahlzeit, am Mittwoch, dem zehnten September 1965, in der August aveny, ist aus dem Gedächtnis und den Archiven gelöscht worden. Ich war überhaupt nicht hungrig.

»In meinem Zimmer«, antwortete ich.

»Sei nicht albern. Hast du wieder die Zeit vergessen?«

»Ich habe einen Job gefunden.«

»Einen Job? Was für einen Job?«

»Als Blumenbote bei Finsens Flora.«

Mutter und Vater sahen einander an. Es war der Typ von Blick, der eine eigene Sprache hat, die Grammatik der kleinen mimischen Veränderungen, und die nur ein altes Ehepaar begreifen kann, und wenn sie sterben oder wenn einer von ihnen stirbt, dann stirbt auch diese Sprache mit ihnen aus, und das Wörterbuch der Gesichter wird geschlossen, denn jedes Ehepaar hat seinen eigenen Dialekt, und es gehören zwei dazu, um reden zu können, eine gehobene Augenbraue kann bei dem einen ein Ausrufezeichen bedeuten und bei dem anderen ein Doppelpunkt, ein gesenktes Augenlid bedeutet an einem Ort Stubenarrest und Vergebung an einem anderen. Ich ließ sie machen. Schließlich sagte Mutter, auf Norwegisch:

»Hauptsache, die Schule leidet nicht darunter.«

»Ich werde nur drei Tage in der Woche arbeiten. Nach der Schule.«

Vater schenkte mir Wasser ein.

»Und wozu willst du das Geld verwenden, das du verdienst?«

»Für eine Fender Stratocaster.«

»Eine Fender was?«

Ich seufzte schwer. Was sie alles nicht wussten. Und sie wussten nicht einmal, dass sie es nicht wussten, bis es ihnen jemand klar und deutlich sagte.

»Eine elektrische Gitarre.«

Mutter und Vater sahen einander erneut an. Mutter legte den Zeigefinger an die Wange und zupfte an der Haut, während sie das linke Augenlid hob. Vater leerte sein Glas und wandte sich wieder mir zu.

»Und was willst du mit einer elektrischen Gitarre?«, fragte er.

Sollte ich wirklich darauf antworten? Gab es keine Grenzen dafür, welche Fragen in dieser Stadt gestellt werden durften? Konnten sie nicht bei ihrem eigenen Dialekt bleiben und miteinander Aug in Aug reden?

»Elektrische Gitarre spielen«, sagte ich.

»Aber du kannst doch gar nicht Gitarre spielen«, sagte Vater.

Ich war geduldig und verständnisvoll.

»Ich kann nicht Gitarre spielen, solange ich keine Gitarre habe. Und deshalb will ich mir eine Fender Stratocaster kaufen.«

Vater hob das Besteck hoch und legte es wieder hin.

»Könntest du dir nicht vorstellen, das Geld für etwas Sinnvolles zu benutzen?«

Ich legte mein Besteck ebenfalls hin.

»Und das wäre beispielsweise was?«

»Das wäre beispielsweise ein Lexikon«, sagte Vater.

»Ich habe schon ein Lexikon.«

Vater lachte.

»Ich meine ein richtiges Lexikon. In zwölf Bänden.

Eine Enzyklopädie! In der alles steht, was du wissen musst. Von A bis Å.«

Ich stand vom Tisch auf und ging zurück in mein Zimmer. Dort versuchte ich nach allen Kräften Hausaufgaben zu machen, vergaß aber den gelesenen Satz, sobald ich einen neuen anfing. Bjørnstjerne Bjørnson und Sigrid Undset hatten den Nobelpreis für Literatur bekommen. Henrik Ibsen bekam ihn nie, vielleicht weil er so lange im Ausland gelebt hatte, genauer gesagt in Italien, und aus so einer Distanz sah er nie mit wohlwollendem Blick auf Norwegen, er meinte sicher, er könnte uns, die Norweger, genauer betrachten, je weiter er von der Kälte fortkam, mit der wir leben müssen. Das verstand ich nicht so ganz. Das musste ich mir merken. Er schrieb einmal, dass Norwegen ein freies Land ist, das von unfreien Menschen bevölkert wird. Vielleicht war das der Grund, dass die Straße, die seinen Namen trug, fast im Schatten von Oslo lag, ein unansehnlicher Stumpf, der in keiner Weise seine Dichtung widerspiegeln konnte, nein, es gab eher ein schlechtes Bühnenbild ab. Und dann wurde auch noch ein Parkhaus nach ihm benannt, eine noch ungeschicktere Bühnendekoration, die in B-Filme mit kleinem Budget gehörte, eine höfliche Beleidigung, ein raffinierter Fingerzeig, genau wie die Erdölplattform im Ekofiskfeld, die nach Alexander Kielland benannt worden war, bevor sie da draußen im Meer umkippte, am Abend des 27. März 1980, während die Mannschaft dort in den beiden Kinosälen saß und sich, wie man mir erzählt hat, *Für eine Handvoll Dollar* mit Clint Eastwood anschaute. Autoren sollen sich möglichst für Norwegen nützlich machen, auf welche Weise auch immer. All das stand, aus offensichtlichen Gründen, damals nicht im Lehrplan. Es war noch gar nicht passiert, und wie hätte es dann im Lehrbuch stehen können? Da steht nur das, was bereits geschehen ist. Aber es stand drin, dass Knut Hamsun auch den Literaturnobelpreis bekommen hatte, für *Segen der Erde*, 1920, aber leider ergriff er während des Kriegs die Partei der Deutschen, und hundert große Romane können einen einzigen norwegischen Nazi nicht aufwiegen, und es gibt keine Straße in Oslo, die nach ihm benannt wurde.

Ich klappte die Literaturgeschichte zu, und plötzlich hörte ich *Do you want to know a secret* in irgendeinem Radio im Nebenhaus, wo ich niemanden kannte. Das war nicht möglich. Doch, das war möglich. Ich hörte diese Melodie nicht nur in meinem Inneren, wie eine musikalische Luftspiegelung, eine Oase von Gitarren, Drums und Gesang. Dann wurde das Radio ausgeschaltet, und ich sang weiter, ohne einen hörbaren Ton: *Do you promise not to tell.* Es regnete immer noch. Der Fjord schob die Dunkelheit heran. Ein weißer Blitz hing plötzlich schräg am Himmel. Gott hatte den Kontakt eingestöpselt. Der Regen war elektrisch. Ich legte mich ins Bett. Mutter kam und sagte Gute Nacht. Es war lange her, seit sie in der Dunkelkammer gewesen war. Ihre Hände waren ganz normal und rau wie Laub. Vater saß an seinem kleinen Arbeitstisch im Esszimmer und schrieb Zahlen untereinander. Die Zeitungen waren voll mit Valuta und Todesanzeigen. Ich konnte nicht schlafen. Der Hof öffnete alle Wände, Fußböden und Dächer und zog mich in seine schattigen Kulissen hinab, ob ich es wollte oder nicht. Gundersen, der den Spitznamen »Flaschendreher« trug, was natürlich viel zu lang war, um es so im Vorbeigehen zu sagen, und deshalb hieß er weiterhin Gundersen, hinkte durch die Zimmer im Stockwerk über mir. Und er war damit nicht allein. Es gab noch, wie schon gesagt, den Pfeifer und Tom Curling. Tom Curling war der Älteste im Haus, und er hatte wohl die Ehre gehabt, das Curling, dieses sonderbare, schwerfällige Spiel, oder diese Sportdisziplin, wie einige es nannten, 1931 nach Norwegen zu bringen, das behauptete er zumindest, und niemand sah einen Grund, ihm zu widersprechen. Der Pfeifer übte für die Europameisterschaft im Pfeifen in Walcheren, Nicderlande. Das tat er bereits seit achtzehn Jahren. Er trieb uns und die meisten anderen in den Wahnsinn. Und wenn noch mehr Platz für sie in diesen Zeilen ist, dann werden sie den Raum bekommen, den sie auf jeden Fall verdient haben, aber das weiß ich jetzt noch nicht. Was ich aber wusste, war, dass ich nur zu gern das Gespräch mit Vater während des Essens vermieden hätte. Ich war nicht mehr berührt. Welchen Sinn ich haben sollte, war mir immer noch unklar. Die Teilchen lagen in meinem Puzzle zerstreut herum.

Es wurde still.

Sogar ein Wohnhaus wie dieses in der August aveny muss einige Sekunden lang ausruhen.

Ich schlich mich ins Esszimmer und holte den Stadtplan von Oslo heraus, der in der schmalen Schublade unter Vaters Zahlenkolonnen lag. Dann schaltete ich das Licht ein und breitete den großen Bogen auf dem Boden aus. Ich folgte dem Lauf der Straßen und den Biegungen der Wege mit dem Zeigefinger. Es mussten Hunderte von ihnen sein, vielleicht Tausende. Ich musste ihre Namen lernen. Es nützte nichts, sie nur auswendig zu können. Ich musste wissen, welche Straßen einander kreuzten und wo die Wege begannen und endeten. Ich musste wissen, wo die Straßenbahnen anhielten und die Busse fuhren. Ich musste wissen, wo die Frauenkliniken und die Krematorien lagen. Das Pensum des Blumenboten war größer als mein Gedächtnis. Allein vom Anblick des Plans wurde mir schwindlig, und ich fiel wie ein seekranker Astronaut zu Boden. Das war meine Erdkugel. Das war meine Welt. Das war meine Stadt. Dann dachte ich an die Schildkröte, von der ich in National Geographic gelesen hatte, und fasste wieder Mut. Sie schwamm von einem Strand in Australien quer durch den Stillen Ozean nach Amerika. Das dauerte fünfzehn Jahre. Dann kehrte sie wieder um und schwamm zurück. Das dauerte noch einmal fünfzehn Jahre. Und als die Schildkröte nach Hause kam, haargenau an den gleichen Strand, den sie dreißig Jahre zuvor verlassen hatte, wenn ich richtig gerechnet habe, da starb sie, hoffentlich glücklich, etwas anderes wäre schrecklich. Und dann musste ich ja wohl in der Lage sein, Adressen in Oslo zu finden und wieder zurückzukommen.

Ich löschte das Licht und legte mich ins Bett. Aber ebenso schnell, wie ich in der geduldigen und korrekten Schildkröte Trost gefunden hatte, ebenso schnell verließ mich wieder der Mut. Es war das Gespräch mit meinem Vater, das mich nicht losließ. Vielleicht stand ja alles, was ich wissen musste, in einer Enzyklopädie mit zwölf Bänden, aber sicher stand nichts darin über die Straßen in Skillebekk oder über Geheimnisse, von denen ich selbst noch gar nichts wusste. Und deshalb blieb ich stattdessen den Rest der Nacht wach liegen und dachte an die fiestarote Gitarre. War sie nützlich? Wofür nützlich? Vielleicht war die Gitarre auch nur ein Mittel, um etwas anderes zu erreichen, ein Umweg, nicht das Ziel an sich. Aber was war dann das Ziel?

Ich wusste es nicht.

Jetzt weiß ich es.

Ich wollte sichtbar werden.

Und das ist der Punkt, an dem die Erzählung beginnen kann.

Ich könnte sie öffnen, genau wie ein Kind, ungeduldig, das Papier von einem harten Geschenk abreißt, auf folgende Art und Weise:

Als ich dreizehn Jahre alt war, war mein größter Wunsch auf Erden eine Fender Stratocaster, die ich in einem Geschäft in der Bygdøy allé gesehen hatte. Aber ich konnte sie mir nicht leisten. Deshalb besorgte ich mir einen Job als Blumenbote bei Finsens Flora. Und so begegnete mir Aurora Stern.

Denn es ist die Reihenfolge der Ereignisse, die uns drückt, diese Ereignisse, große und kleine, die unerbittlich in der Zeit verankert sind, sich aber später aus dem Griff der Zeit lösen, im Almanach der Zeit. Erinnerungen verschieben sich. Erinnerungen verschleiern und decken auf, sie ziehen ab und fügen hinzu, in einer anderen Art von Mathematik, Erinnerungen kalfatern von Neuem. Und so erzählen wir es. Der Winter folgt dem Frühling. Sonntag kommt nach Mittwoch. Norden liegt neben Süden, es schneit im Juni, August aveny ist ein Ort, die Haxthausens gate 17 ein Geheimnis, und der Tod ist nicht das Ende.

Mit anderen Worten ist es mein Privileg, dem Gang der Begebenheiten vorzugreifen.

So begegnete ich also Aurora Stern:

Zwei Wochen später bekam ich eine Tour in die Haxthausens gate 17, diese winklige Gasse, die kreuz und quer zwischen Frognerveien und der Gyldenløves gate verläuft und die nach dem zweifelhaften Finanzminister und Oberhofmarschall von 1814 benannt wurde, der noch im gleichen Jahr beschuldigt wurde, mit den Schweden unter einer Decke zu stecken, was dazu führte, dass ihn eine wütende Volksmenge aus seiner Dienstwohnung in der Rådhusgate jagte und er schnurstracks auf seinen Sommersitz auf Lille Frogner floh, doch auch dort fanden sie ihn, und zum Schluss musste er Zuflucht bei einem Propst auf Gran in Hadeland suchen. Vielleicht kein Wunder, dass Haxthausen als eine ziemlich bescheidene Gasse in die Geschichte einging. Ich hatte einen großen Pappkarton auf meinem Gepäckträger befestigt, und in dem lag das Paket, das letzte dieses Tages, für eine Frau namens Aurora Stern. Ich radelte die Niels Juels gate hinauf. So ging es am schnellsten, denn die Nummern in der Haxthausens gate begannen am Frognerveien. Ich war bereits ein erfahrener Blumenbote. Ich kannte meine Tricks. Außerdem hatte ich Ortssinn. Wenn mir auch schwindlig wurde vom Kartenlesen, so war ich ein Ass, wenn es um Straßenschilder ging. Mit anderen Worten fand ich die Adresse, Haxthausens gate 17, auf Anhieb. Es war das älteste Wohnhaus, ungefähr von 1890, als die meisten Architekten dieser Stadt die Baukunst in Hamburg erlernt hatten. Jetzt zeigte die Mauer Risse, die Simse waren schief, und mindestens ein Dachziegel war auf den Bürgersteig gefallen. Jemand hätte ein Warnschild aufstellen sollen oder die Gegend absperren. Und der Name, Aurora Stern, von dem ich noch nie gehört hatte, dass jemand so hieß, stand auf keiner der Klingeln unten am Eingang, der auch noch verschlossen war. Das gefiel mir nicht. War Aurora Stern vielleicht nur eine Untermieterin, eine Haushaltshilfe, die in einem der winzigen Dienstmädchenzimmer wohnte und nur die Küchentreppe benutzen durfte? Ich trat in den Hof. Eine weiße Katze sprang vom Mülleimer und kroch durch eine Lücke in dem hohen Lattenzaun. Ein Stuhl voller Laub war unter der Wäscheleine umgefallen. Aus dem Schlüsselloch in der windschiefen Hintertür roch es nach sieben verschiedenen Gerichten. Ich fand den Namen Aurora Stern nirgends. Ich musste zurück zum Haupteingang. Da sah ich, dass an der Klingel für den zweiten Stock nur ein kleiner Papierstreifen befestigt war, auf dem nichts stand, als wären diejenigen, die hier wohnten, schon seit langem weggezogen oder tot. Ich versuchte es dennoch und klingelte einfach. Es dauerte und dauerte. Ich überlegte, ob das Paket etwas war, was Finsen Selbst einen Blindgänger nannte, nämlich ein Paket, das man dem Betreffenden nie zustellen kann. Blindgänger sind der Albtraum der Blumenboten. Ich klingelte noch einmal. Es gab viele Geschichten von Blumenboten, die von derartigen Blindgängern in den Wahnsinn getrieben worden sind. Einer von ihnen hatte versucht, sich unten am Fred Olsen Kai das Leben zu nehmen, aber die Aalangler, die noch nüchtern gewesen waren, hatten ihn glücklicherweise in letzter Minute gerettet. Ein anderer war in Gaustad eingeliefert worden, und dort liegt er immer noch, und niemand schickt ihm Blumen. Andere litten den Rest ihrer Jugend unter Schlaflosigkeit. Aber plötzlich summte es irgendwo, und ich konnte die schwere Tür zur Seite schieben. Ich war drinnen. Auch auf den Briefkästen stand nirgends der Name Aurora Stern. Aber auf einem von ihnen stand gar kein Name. Das war sicher ihrer. Ich ging die Treppen hinauf. Immer einen Schritt nach dem anderen. Das breite Geländer war speckig und abgenutzt. Durch die blauen und violetten Bleiglasfenster fiel schwer das Licht und ergoss sich wie Blei um meine Schuhe. Auf jedem Stockwerk stand eine Tür einen Spalt offen und glitt lautlos zu, nachdem ich vorbeigegangen war. Ich kam in den zweiten Stock. Die Tür links hatte auch keinen Namen. Und sie war geschlossen. Ich klingelte und wartete. Jemand öffnete die Tür ohne Namen. Ich konnte nicht sehen, wer es war. Der Eingangsflur der betreffenden Person musste im Dunkel liegen. Ich hoffte nur, dass es die richtige betreffende Person war.

»Spreche ich mit Aurora Stern?«, fragte ich.

»Mit wem?«

Ich nahm Anlauf und wiederholte:

»Spreche ich mit Aurora Stern?«

»Du hast mich gefunden.«

Sie, die das sagte, sprach langsam, als wäre jeder Buchstabe eine Prüfung.

Ich hatte also Aurora Stern gefunden. Deshalb war

ich so gut. Deshalb war ich der Beste. Ich fand die Leute. Ich fand die richtigen Betreffenden.

»Ich bringe Blumen«, sagte ich.

»Das sehe ich.«

»Sie müssen hier quittieren. Mit Datum und Uhrzeit.«

Ich riss den Abschnitt ab und reichte ihn ihr.

Eine Weile zögerte sie. Ich konnte ihren Atem hören. Er ging schnell. Fast schnappte sie nach Luft, und ich spürte eine Art Angst darin, oder soll ich es lieber Verwunderung nennen, so eine Verwunderung, die dem Misstrauen ähnelt. Schließlich sagte sie:

»Komm herein, dann kann ich besser sehen.«

Das war eine merkwürdige Feststellung, war es doch im Treppenhaus viel heller als in dem Wohnungsflur, in dem sie stand. Sie hätte stattdessen beispielsweise herauskommen können. Und ich konnte mich gut daran erinnern, was Finsen Selbst gesagt hatte, an jenem ersten Tag, dass ich nämlich niemals einen Fuß über die Türschwelle setzen dürfte, wenn ich nicht ausdrücklich dazu aufgefordert worden war.

Ich streckte ihr auch den Kugelschreiber hin.

Aurora Stern lachte, und ihr Lachen war ebenso schwarz wie die Dunkelheit, in der sie stand.

»Traust du dich nicht?«

Das war eindeutig.

Ich putzte mir sorgfältig die Schuhe auf der Fußmatte ab, um ihr genügend Zeit zu geben, es sich noch einmal anders zu überlegen. Sie überlegte es sich nicht anders. Bald war nichts mehr an den Schuhen zu putzen. Ich ging zu Aurora Stern hinein und hörte, wie die Tür hinter mir zuklappte. Eine Weile blieb ich in der Dunkelheit stehen. Es roch hier anders, als ich es je erlebt hatte. Es roch nicht nach brauner Soße und Linoleum. Es war nicht unangenehm, nur anders, etwas zwischen Apotheke und Parfümerie, und die beiden Worte wurden zu einem Geruch, den ich nicht beim Namen nennen konnte. Er war gleichzeitig verlockend und erschreckend. Ich wollte gehen, doch ich blieb. Ich wollte bleiben und ging. So war es. Sie zündete eine Kerze an. Ich drehte mich schnell um. Sie trug eine Art Bademantel oder Morgenrock, wie es bei Damen heißt. Er war rot, verschossen, und mit festem Band um die schmale Taille geknotet. Ihr Haar war dunkel, fast schwarz, und ganz kurz geschnitten, fast wie bei einem Jungen. Ihr Gesicht war weiß. Die Haut war weiß. Sie war barfuß. Sie mochte so alt wie meine Mutter sein, vielleicht älter, vielleicht viel jünger. Sie war ohne Alter. Aber was mir am meisten auffiel, das waren ihre Hände. Sie hatte die Hände eines Mannes, es waren Fäuste. Ich konnte meinen Blick nicht von ihren kräftigen, muskulösen Händen wenden, als sie die Flamme des Streichholzes ausschüttelte.

»Bist du ungeduldig?«, fragte sie.

Sie sprach so langsam, als hätte sie gerade erst sprechen gelernt oder die Sprache, in der sie jetzt sprach.

»Nein«, sagte ich.

»Aber du hast es eilig, nicht wahr?«

»Ja.«

Sie nahm mir den Zettel und den Stift ab und schrieb etwas auf.

Nachdem sich meine Augen langsam an die Dunkelheit außerhalb des unruhigen Lichtkreises, in dem wir standen, gewöhnt hatten, konnte ich die Wände, die Zimmer und die Gardinen erkennen, die zugezogen waren, die Möbel, die Teppiche; und überall gab es Dinge, Nippes, Dekorationsgegenstände, es gab Schmuck, Schachteln, Knöpfe, Medaillons, Fotos. Spiegel, Uhren und Dinge, von denen ich nicht wusste, was es war, und es gab kaum noch für mehr Platz, es war, als wäre man zu Besuch in einem Antiquitätenladen, nein, auf einem Flohmarkt in einer großen, fremden Stadt, so stellte ich es mir vor.

Und der Geruch nach Parfümerie und Apotheke, nach Kampfer und Eau de Cologne, wie heißt der Geruch?

Aurora Stern gab mir die Quittung, und sie bekam die Blumen. Sie wickelte sie sofort aus. In all dem Papier, in den alten Zeitungen und dem Seidenpapier, das sie einfach zu Boden fallen ließ, lag zum Schluss eine einzige Tulpe, nur die, keine Karte, nichts sonst, nur eine rote Tulpe. Sie nahm die Tulpe, fast verschwand sie in ihren groben und dennoch graziösen Fäusten.

Wer hatte sie ihr geschickt, diese einzelne Tulpe? Ich

hätte sie gern gefragt, aber das war unmöglich, so etwas fragte man nicht.

»Jetzt musst du gehen«, sagte Aurora Stern.

»Ja.«

Sie drehte sich zu mir um. Ich war nicht gegangen. Jetzt sah ich, dass es Schminke war oder Puder, das wie eine trockene, glänzende Schicht auf ihrem Gesicht lag. In der Halsgrube hing die Haut in dünnen Falten, die sie die ganze Zeit versuchte zu straffen, indem sie das Kinn hob. Ihre Augen waren braun. Sie schielte ein wenig mit dem einen und änderte ihre Meinung.

»Warte noch.«

Aurora Stern ging zu einem Regal neben der Kerze, auf dem eine Reihe kleiner Figuren stand, es waren Tierfiguren, ich konnte eine Giraffe erkennen, einen Löwen, einen Bären, ein Kamel. Als sie zurückkam, legte sie mir einen Elefanten in die Hand, einen glatten, schwarzen Elefanten mit weißen Stoßzähnen, er war schwer zu halten, obwohl er doch so klein war.

»Elfenbein«, sagte sie.

»Danke.«

»Aber jetzt musst du wirklich gehen.«

Als sie die Tür hinter mir schloss, konnte ich noch sehen, dass sie die Flamme drinnen sofort gelöscht hatte.

Ich schaute auf den Abschnitt. Der Name, Aurora Stern, stand dort in schräger, dünner Schrift, bei einigen Buchstaben war die Linie gebrochen, abgehackt, als hätte ihre kräftige Hand einen Moment lang gezittert.

Auf dem Heimweg blieb ich vor Bruns Musikaliengeschäft stehen. Die elektrische Gitarre stand immer noch im Schaufenster. Jemand hat gesagt, so eine Gitarre ähnle einer Dame. Aber wenn man Elisabeth Taylor rot anmalte und sechs Saiten an sie spannte, würde sie dann einer Fender Stratocaster ähneln? Ich hatte da so meine Zweifel. Es wurde übrigens auch gesagt, dass diese spezielle rote Farbe, das Fiestarot, das erste Mal für einen Ford Thunderbird benutzt worden war, 1956, und dann war noch ein wenig Lack in der Dose gewesen, und damit hatten sie die Gitarre angemalt. Was ist schneller, ein Thunderbird oder eine Fender Stratocaster? Das kommt auf den Fahrer drauf an. Auch der Preis hatte sich nicht verändert: 2250 Kronen, nicht mehr und nicht weniger. Ich hatte einen Elefanten als Trinkgeld bekommen. Was um alles in der Welt sollte ich mit einem Elefanten? Wie viel war ein Elefant aus Elfenbein wert?

Ich legte ihn in die Schachtel für Trinkgelder und andere unvorhersehbare Einkünfte. Dort lagen bereits achtzehn Kronen. Den Abschnitt legte ich in das Archiv für alles, was ich noch guthatte. Ich hatte jetzt ein Kapital von 86 Kronen, und dabei hatte ich die Summe mitgerechnet, die Finsen Selbst mir noch schuldete. Ich hatte mit anderen Worten an diesem Tag acht Kronen und zehn Öre verdient. Wenn es so weiterging, konnte die Gitarre in 56 Wochen mein sein, wahrscheinlich würde es aber noch länger dauern, denn Finsen Selbst hatte mich gewarnt. Bald war November, und der November war ein schlechter Monat für Blumen. Nur die wenigsten schickten im November Blumen. Ich musste mich mit Geduld wappnen. Geduld schützt gegen die Zeit wie Nivea gegen die Sonne. Ich hatte Angst, ich könnte mich trotzdem verbrennen. Diese flache blaue Dose mit Geduld hält nicht ewig. Dann schrieb ich die neue Adresse unter *h* in die Bibel des Blumenboten: Haxthausens gate 17. Bisher hatte ich Halvdan Svartes gate 9 und Harald Hårfagres gate 4 dort stehen. Und da fiel mir auf, dass die meisten Straßen in dieser Stadt, zumindest in Oslo 2, nach Generälen, Königen, Bischöfen, Hofmarschällen, Göttern, Pfarrern, Professoren, Amtsrichtern, Statthaltern und anderen Verfassungsvätern benannt sind. So wird beispielsweise niemals eine Straße nach Gundersen benannt werden. Gerade rutschte er wie ein armer Eskimo in seinem Kanu in der Badewanne hin und her, betete mitten in der Nacht sein Morgengebet und rief nach mehr Schnaps. Das war Skillebekks Sonnenuntergang. Es war bereits Nacht geworden. Die Nächte ähnelten einander. Die Oper des Hinterhofs lief in der Wiederholung. Tom Curling schob die Steine auf die Möbel am Ende der Küche zu und fegte alles fort, was im Weg stand, doch es war nicht zuletzt der Pfeifer im Erdgeschoss, nein, er ließ nicht locker, er pfiff sogar im Schlaf, Pfeifen war sein Lebenselixier, seine Religion, dieses spitze Geräusch, das so durchdringend und fröhlich war, dass es die Toten wecken und die Lebenden wach halten konnte, *Die Brücke am Quai, Que sera, Ich warte auf dich,* doch am schlimmsten war es, wenn er wütend wurde und Sindings *Ein Vogel schrie* pfiff, dann starben diejenigen, die zum Leben erweckt worden waren, sofort wieder, und die Lebenden wünschten sich einen ebenso schnellen Tod. Aber glücklicherweise geschah das nur selten. Ich konnte mich nur daran erinnern, dass er es ein einziges Mal gepfiffen hatte, und zwar während der Kubakrise. Umso häufiger pfiff er, mit aller Macht, den populären Schlager *Sonne am Himmel, Sonne im Gemüt, Sonne im Herzen, Sonne im Sinn, ach, wie sie scheint,* aber natürlich ohne Text. Alles war, so viel wird wohl klar, beim Alten.

Aber auch nach dieser Nacht wurde es wieder Morgen. Die Luft war so klar, wie sie es nur im Oktober sein kann. Ich konnte die Nieter unten bei Akers Mek hören. Mir gefiel das harte, helle Geräusch von Eisen gegen Eisen. Es war das Schlagzeug der Stadt.

Dann riss Mutter die Tür auf und rief:

»Du hast verschlafen! Du musst zur nullten Stunde!«

Und da blieb mir keine andere Wahl. Ich musste auch zur Schule, genauer gesagt nach Vestheim, an der Ecke Skovveien und Colbjørnsens gate, Realschule und Gymnasium, ich ging in die erste Klasse der Realschule, und in den zwei Jahren, die ich dorthin gehen musste, graute mir an jedem Morgen davor.

Ein normaler Schultag konnte beispielsweise folgendermaßen beginnen:

Es hat bereits geläutet, denn es ist die nullte Stunde, und wir, die Klasse 1f, die aus zwölf Jungen und acht Mädchen besteht, wartet vor dem Klassenzimmer. Wir sollen Norwegisch haben. Wir warten auf Studienrat Hals. Er kommt immer zu spät. Einige behaupten, das läge daran, dass er immer noch in letzter Minute seine Schuhe im Lehrerzimmer putzen muss. Andere meinen, weil er vergisst, in welcher Klasse er Unterricht hat, und sich verläuft. Uns ist es gleich. Er kann so spät kommen, wie er will, gern erst nachdem es zur Pause geklingelt hat. Dann hören wir die langsamen Schritte die Treppe herunter. Jetzt kommt Studienrat Hals. Da geht Putte, der Göring unserer Klasse, der alle, die ihm nicht gefallen, und das sind die meisten, als Juden bezeichnet und der nach dem Unterricht Moped fährt, obwohl er erst vierzehn ist, er geht zur Tür, räuspert sich lange und lässt einen dicken, dunkelgelben Rotzklumpen auf den Türgriff runter, dreht sich zu den anderen Jungs um, die einer nach dem anderen das Gleiche tun, sie spucken auf die Türklinke, während die Mädchen sich schütteln und kichern, bis leider ich an der Reihe bin, wie es immer ist, früher oder später.

»Nun mach schon, du Jude«, sagt Putte.

»Ich bin kein Jude.«

»Bist du dir da sicher?«

Putte mag mich nicht. Das ist jedenfalls sicher.

»Nein«, flüstere ich.

Putte beugt sich vor.

»Hast du was gegen Juden, oder was?«

Studienrat Hals nimmt sich Zeit, seine Schritte sind immer noch auf der Treppe zu hören, als führten die Stufen in die falsche Richtung.

»Nein«, antworte ich.

Putte lacht.

»Du bist ein Jude, wenn du nicht tust, was ich dir sage.«

Ich nehme all meinen Mut zusammen. Da gibt es nicht viel zu holen.

»Und was sagst du?«, frage ich.

Jetzt wird Putte wütend. Er schwingt seinen Turnbeutel, in dem er den Helm hat, hin und her. Ich fürchte eine Weile, dass er ihn als eine Art Steinschleuder benutzen und mich damit niederstrecken will.

»Ich sage, du sollst auf die Klinke rotzen, du Jude.«

Ich schüttle den Kopf.

»Nein.«

Und jetzt ist Putte nicht mehr wütend, sondern misstrauisch. Das ist fast noch schlimmer. Er steht so dicht bei mir, dass ich einen Moment lang glaube, er will mir seine Spucke leihen, doch zu meiner Erleichterung können wir beide sehen, dass Studienrat Hals in dem Moment oben auf dem Treppenabsatz erscheint, während er wie üblich in seinem Mantel nach dem riesigen Schlüsselbund sucht.

»Warte nur«, sagt Putte. »Warte nur, du.«

Das ist das Schlimmste, was man zu einem sagen kann, warte nur, das ist eine Drohung ohne Zeitpunkt, und deshalb hat sie die Zeit auf ihrer Seite, die Zeit ist Teil der Drohung, jede Sekunde macht alles nur noch schlimmer, und der, der nur wartet, wartet nie auf etwas Gutes, warte nur.

»Auf was?«, flüstere ich.

Aber Putte antwortet natürlich nicht, stellt sich zu den anderen und wirft sich den Helm in dem Turnbeutel über die Schulter. Studienrat Hals kommt näher. Er sieht uns an. Es liegt etwas Betrübtes in seinem Blick. Wie das Schicksal. Wir machen ihm Platz. Niemand sagt etwas. Und hier muss ich hinzufügen, dass ich nicht besser war als die anderen, besser von Grund auf und so, weil ich nicht gespuckt habe. Ich habe nicht gespuckt, weil ich vollkommen trocken im Mund war. Mein Gaumen war mit Linoleum ausgelegt. Ich werde heute noch davon gequält, besonders wenn ich jemanden küssen, vor größeren Versammlungen sprechen soll oder mich in einer äußerst unangenehmen Situation befinde, so wie jetzt. Dann ist kein einziger Tropfen aufzuspüren, das müsste sonst reines Blut sein, sonst hätte ich genau das getan, was Putte gesagt hat, gerotzt. Dann bleibt Studienrat Hals an der Tür stehen, schiebt den Schlüssel ins Schloss und dreht ihn um, während er die andere Hand, die rechte, auf die klebrige Klinke legt und sie hinunterdrückt. So bleibt er stehen, vielleicht nur ein paar Sekunden lang, ohne den Türgriff loszulassen, doch es scheint wie eine ganze Jahreszeit. Dann hebt er endlich die Hand, holt ein graues Taschentuch heraus und wischt sich die Finger ab, lange trocknet er sich die Finger, einen nach dem anderen, und das macht er mit einer stummen, kerzengeraden Würde, wie wir sie nie zuvor gesehen haben und die uns deshalb erschreckt und verwirrt. Studienrat Hals hat diese Schlacht gewonnen. Er schiebt die Tür auf, und wir gehen folgsam und wie gelähmt ins Klassenzimmer und nehmen unsere Plätze ein. Und Studienrat Hals setzt sich hinters Lehrerpult, faltet das Taschentuch zusammen und lässt es in den Papierkorb fallen. Er zeigt auf Putte.

»Ist das dein Kopf da im Turnbeutel?«

Putte macht einen Buckel.

»Nein, Herr Studienrat Hals.«

»Bist du dir da ganz sicher, Putte? Dass es nicht dein Kopf ist. Bist du dir ganz sicher?«

»Das ist mein Helm, Herr Studienrat Hals.«

»Dein Helm? Brauchst du inzwischen einen Helm, Putte?«

»Das ist mein Mopedhelm, Herr Studienrat Hals.«

»Aber du darfst doch noch gar kein Moped fahren, Putte.«

»Ich weiß, Herr Studienrat Hals.«

»Dann ist es also dein Kopf und kein Helm da in deinem Turnbeutel, Putte?«

»Ich spare für ein Moped, Herr Studienrat Hals.«

»Und solange trägst du den Kopf unterm Arm?«

»Ja, Herr Studienrat Hals.«

»Dann denke ich, du legst den Helm lieber auf den Fußboden, damit nächstes Mal keine Verwechslungen auftreten, lieber Putte.«

Das freute mich. Jetzt sollte es Putte heimgezahlt werden, denn das war nur der Anfang. Wenn Putte Göring war, dann war Studienrat Hals der Nürnberger Prozess. Doch statt Putte ein für alle Mal auszuzählen, wandte sich Studienrat Hals mir zu.

»Sigbjørn Obstfelder«, sagt er.

Das war also der Takt oder gerade eben nicht. Das war der Dank der Welt, falsches Wechselgeld, unbrauchbare Währung in einem Land, das es nicht gab. Ich, der einzige der Jungen, der nicht auf die Türklinke gespuckt hatte, und Studienrat Hals konnte unmöglich wissen, dass es nur daran lag, dass ich so trocken im Mund war, ich also sollte abgefragt werden. Die Rache kannte keine Grenzen.

»Wer?«

»Wer? Hast du heute auch einen Helm dabei?«

»Nein.«

»Ich sehe auch keinen Turnbeutel. Aber ich sehe deinen Kopf. Oder irre ich mich dennoch?«

»Nein.«

»Gut. Dann kannst du uns etwas über Sigbjørn Obstfelder erzählen.«

So weit war ich in den Hausaufgaben noch nicht gekommen. Hamsun war der Letzte, über den ich gelesen hatte. Ich konnte ziemlich viel über Hamsun sagen, unter anderem, dass er hungrig gewesen war, den Nobelpreis bekam und Nazi wurde. Ich hätte auch erzählen können, aber vielleicht ist das auch etwas, was ich erst jetzt sagen kann, dass Hamsun der Erste war, der den Strom einschaltete, das Alphabet anschloss und elektrisches Norwegisch schrieb. Was meine Kenntnisse über Sigbjørn Obstfelder betraf, so sah es schlechter aus.

Studienrat Hals wartete.

»Ich warte immer noch«, sagt er.

»Er hat keine Straße.«

»Wie bitte?«

»Sigbjørn Obstfelder hat keine Straße.«

»Nein?«

»Nicht, soweit ich weiß.«

Studienrat Hals lächelte das Lächeln, von dem ich weiß, dass es gefährlich ist, dass es schlimmer ist als alle Grimassen zusammen.

»Ich fürchte fast, du musst jetzt doch deinen Turnbeutel öffnen und deinen Kopf herausholen. Oder bist du in letzter Zeit mit zu vielen Blumen herumgelaufen? Verwechselst du unsere großen Dichter mit Straßen? Willst du jetzt auch noch Obstfelder asphaltieren?«

»Ich fahre mit dem Rad.«

»Was sagst du?«

»Ich laufe nicht mit den Blumen herum. Ich fahre mit dem Rad.«

»Steh auf.«

Bis jetzt lachte niemand in der Klasse, nicht, weil sie besonders rücksichtsvoll waren, aber es waren noch zwanzig Minuten von der Stunde übrig, und es konnte noch einen anderen treffen.

Ich stand auf.

»Und komm her, sei so gut«, sagt Studienrat Hals.

Ich musste zur Tafel gehen. Das tat ich. Ich schaute aus dem Fenster und konnte den Schulhof sehen, und was kann einsamer sein als ein Schulhof im Oktober zwischen den Pausen, wenn das Laub sich um den geschlossenen Trinkbrunnen dreht und die Tauben im Unterstand herumlaufen und die alten Butterbrotpakete zerhacken, die die Mütter einst mit Liebe geschmiert haben.

Studienrat Hals schaut mich lange an.

»Geht es dir gut?«, fragt er.

Das stand nicht in den Hausaufgaben.

»Nein«, antworte ich.

Und jetzt fällt mir auf, dass diese Worte, dieses in den Ohren einiger Menschen vielleicht unvergessliche Gespräch, zwischen Schüler und Lehrer, zwischen mir und Studienrat Hals, im Präsens steht, denn in meiner Erinnerung sprechen die Dialoge immer noch, sie sprechen fast für sich, die Sprache hält noch aus, während die Handlungen, die diese Worte umgeben, fragwürdig sind, in die Vergangenheit verlegt, dort verdreht und in ein anderes Licht getaucht sind, und die unfertigen Gesichter im Klassenzimmer rutschen weg und lassen sich nicht festlegen, lassen sich nicht auf dem Papier festhalten, genau wie dieser Fall von der Bühne in Paris, vor einem vollbesetzten Saal, und es ist diese magere Hoffnung, an der ich anfangs versuche, mich festzuhalten, die von euch, die ihr leider nicht Zeuge wart, vergessen werden wird.

Nein, mir geht es nicht gut.

»Sigbjørn Obstfelder auch nicht«, sagt Studienrat Hals.

Wenn ich das hier sagen darf: Einige Jahre zuvor verschwand ein Mädchen aus unserem Viertel. Sie war zehn Jahre alt und kam nicht zur üblichen Zeit von der Uranienborg skole nach Hause. Als es sieben Uhr geworden und sie immer noch nicht aufgetaucht war, und sie war ein zuverlässiges Mädchen, wie alle sagten, die sie kannten, unter anderem auch ich, da leitete die Polizei eine groß angelegte Suche ein. Mutter und Vater nahmen auch daran teil. Sie bildeten Menschenketten, suchten entlang der Eisenbahnschienen, durchkämmten den Wald von Skøyen, die Parks am Drammensveien, Sieldeckel mussten geöffnet werden, Taschenlampen und Stimmen fegten durch die Dunkelheit, Scheinwerfer von Rettungsbooten peitschten das Wasser in der Frognerkilen auf, und die Eltern, die armen Eltern, sie warteten, warteten auf eine Nachricht. Ich kann mich daran erinnern, als wenn es gestern gewesen wäre. Denn ich stand neben ihnen. Dann kam die Nachricht. Ein Mädchen war gefunden worden. Sie war es. Es war ihre Tochter. Sie saß auf einer Bank im Stenspark. Welche Freude. Welche Freudentränen. Die da flossen. Welch Jubel. Wie herrlich war doch dieser Abend, trotz allem, herrlich war er, herrlicher konnte er nicht werden. Die Eltern umarmten einander. Ich stand, wie schon gesagt, neben ihnen. Sie weinten und lachten. Sie lachten und weinten. Es war so schön. Aber ich hatte so meine Zweifel. Das ist eine schlechte Gewohnheit von mir. Ich hatte meine Zweifel. Warum sollte sie auf einer Bank im Stenspark sitzen, wenn sie auf die Uranienborg skole ging und im unteren Skillebekk wohnte? Und kurze Zeit später kam eine andere Nachricht. Sie war es doch nicht gewesen. Die Tochter war gefunden worden, tot, im Wasser, unter der Brücke, sie trieb mit dem Gesicht nach unten im Wasser, den Schulranzen immer noch auf dem Rücken. Und ich sah die Wut, die Wut der Eltern, wie hatte sich jemand so irren können, wie konnte man nur ein lebendiges mit einem toten Mädchen verwechseln, ihr Mädchen, ihre Tochter mit einer anderen? In dieser grausamen Trauer beschimpften die armen Eltern natürlich diejenigen, die ihnen die Wahrheit hatten überbringen müssen. Die Mutter konnte ihnen nicht vergeben, dass sie ihr eine falsche Nachricht überbracht hatten. Sie war zum Narren gehalten worden. Sie schlug um sich. Sie verlor den Verstand. Zum Schluss musste der Mann sie festhalten, damit sie sich nicht selbst verletzte. Ich fragte mich hingegen: War dieses Missverständnis nicht ein Geschenk gewesen? Hatten sie dadurch nicht einen Extraaugenblick an Glück erhalten, bevor die Wahrheit sie vernichtete, war der Tod nicht aufgeschoben worden, und in diesem verlogenen Augenblick, hatten sie da nicht vielleicht intensiver und bewusster gelebt als je zuvor? Sollten sie nicht lieber dankbar dafür sein? Denn die Trauer hat keine rückwirkende Kraft. Der Augenblick, in dem sie glaubten, dass ihre Tochter lebt, ist immer noch wahr.

Bald läutet es zur Pause. Wir sind im Herbst 1965. Der Oktober ist ein unheimlicher Monat. Er kann sich nie so recht entscheiden. Heute Morgen schien die Sonne. Jetzt hat es wieder zu regnen angefangen. Ich denke an den Pappkarton auf dem Gepäckträger. Jetzt wird er nass. Ich muss mir einen neuen Pappkarton besorgen, in den ich die Blumen legen kann. Ich denke an alles andere, um nicht daran denken zu müssen. Ich denke nicht an Putte und daran, dass er jetzt wahrscheinlich irgendeine Teufelei ausheckt. Ich denke an das Mädchen, deren Gesicht erfror, als sie auf dem Bauch liegend in der Frognerkilen trieb. Nicht einmal die Eltern konnten ihre Tochter wiedererkennen, als sie sie herausgeholt hatten. Plötzlich denke ich an Aurora Sterns Hände.

Studienrat Hals gibt mir die Literaturgeschichte.

»Lies«, sagt er.

Genau davor habe ich mich gefürchtet.

»Lies«, wiederholt Studienrat Hals.

Ich kann kein *r* aussprechen. Das ist angeboren. Mutter hat mich zu einem berühmten Logopäden in Nordstrand gebracht. Er steckte mir Nadeln in die Zunge. Es nützte nichts. Er legte mir Holzspäne unter das Zäpfchen. Auch das nützte nichts. Ich war im Reichskrankenhaus und habe dort zwei Tage gelegen, mit Kabeln am Kopf, den Mund voll mit Elektrizität. Ich kann immer noch kein *r* sagen. Manche meinen, ich rede wie ein Kind. Ich bin kein mündlicher Mensch. Ich bin schriftlich veranlagt. Ein Buchstabe ist in mir verdreht. Ich bin eine Schreibmaschine, der eine Taste fehlt.

Ich fange an zu lesen. Es ist Sigbjørn Obstfelders berühmtes Gedicht *Ich sehe.* Ich lese schnell, um es bald überstanden zu haben, und die ersten Verse gelingen mir ganz gut, Studienrat Hals unterbricht mich jedenfalls nicht, er steht mit geschlossenen Augen da und genießt die norwegische Poesie mit seinem ganzen Gesicht:

Ich sehe den weißen Himmel,
ich sehe die graublauen Wolken,
ich sehe die blutige Sonne.

Dies also ist die Welt.
Dies also ist der Sterne Heim.

Dann kommt es. Ein Regentropfen. Was um alles in der Welt hat ein Regentropfen hier zu suchen, wenn in der dritten Zeile die Sonne ist, und dann auch noch blutig? Ist in dem Gedicht auch Oktober? Ich nehme Anlauf.

Ein Regentropfen!

Und dann beeile ich mich, im Gedicht weiterzukommen:

Ich sehe die hohen Häuser,
ich sehe die tausend Fenster,
ich sehe den fernen Kirchturm.

Doch Studienrat Hals hat die Augen geöffnet und wendet sich mir zu, während er gleichzeitig die linke Hand hebt.

»Was hast du da gerade gesagt?«

Ich fahre unbeirrt fort, als wäre ich in dem Glauben, dass alles vorübergehen werde, dass alles früher oder später vorübergehen werde, und das wird es ja auch, aber das ist eine ganz andere Geschichte.

»Dies also ist die Erde. Dies also ist der Menschen Heim.« Studienrat Hals unterbricht mich erneut.

»Nein, nein, nein. Fang noch einmal von vorn an.«

Und ich fange noch einmal von vorn an. Ich frage mich, ob ich den Regentropfen nicht einfach überspringen soll, aber das würde Studienrat Hals ja doch bemerken. Ich schwitze heftig, als ich mich diesem Wort nähere, hinter das der Dichter auch noch ein Ausrufezeichen gesetzt hat, so dass gar kein Zweifel bestehen kann, dieses Wort muss wie ein Pfahl im Gedicht stehen, meine Stimme bebt, ich bin kurz davor, in Ohnmacht zu fallen, ich rufe es aus, als könnte das etwas helfen, aber das macht das Ganze nur noch schlimmer: Ein Regentropfen!

Studienrat Hals schüttelt den Kopf, legt mir seine Hand auf die Schulter und unterbricht mich zum dritten Mal. Das ist viel im Laufe eines Verses.

»Machst du dich über Obstfelders Gedicht lustig?«, fragt er.

»Nein, überhaupt nicht.«

»Dann sprich mir nach: Ein Regentropfen! Sag das so laut und deutlich, dass wir unsere Regenschirme aufspannen müssen, um nicht nass zu werden!«

Ich nehme noch mehr Anlauf, aber es geht trotzdem nicht, es wird wie üblich nur schlimmer.

»Ein Legentlopfen!«

Studienrat Hals beugt sich vor, als würde er dadurch gescheiter werden.

»Du hast aber einen nicht gerade kleinen Sprachfehler, du.«

Ich wende mich ab.

»Ja.«

»Bist du deshalb so still?«

»Ja.«

Studienrat Hals dreht mich um.

»Hole einmal tief Luft und sage: Rhododendron!«

Ich kann nicht sehen, dass es irgendwelchen Rhododendron in Obstfelders Gedicht gibt, da ist weißer Himmel, da sind blutige Sonne und hohe Häuser, elegante Herren, lächelnde Damen und gesenkte Köpfe der Pferde, aber absolut kein Rhododendron. Studienrat Hals kann mich nicht zwingen, Rhododendron zu sagen, solange Obstfelder nicht Rhododendron geschrieben hat. Er hätte schreiben können: *Ich sehe den verwelkten Rhododendron.* Aber das hat er nicht. Ich bleibe stumm.

Studienrat Hals wird ungeduldig.

»Ich warte immer noch darauf, dass der Blumenbote Rhododendron sagt!«

Ich sage es so leise wie möglich:

»Lododendlon.«

Und die Klasse kann nicht mehr an sich halten. Das Gelächter platzt nur so aus ihnen heraus. Putte lacht am lautesten von allen. Sogar Studienrat Hals muss lachen.

»Lododendlon, du. Ich hoffe wirklich, dass du niemandem Lododendlon bringen musst!«

Eine Sache hat Studienrat Hals jedenfalls geschafft: Ich werde niemals *Ich sehe* vergessen. Und als ich zwei Sommer später, als der Herbst von 1967 seinen Schatten wirft, zum ersten Mal die *Doors* hörte und Jim Morrison *Strange days have found us, strange days have dragged us down,* da dachte ich, dass er und auch Sigbjørn Obstfelder, dass sie beide einsame Astronauten im gleichen Raumschiff waren, und beide waren auf den falschen Planeten gekommen, um mir, und nur mir, davon zu berichten. Das war auch eine Art Trost.

»Lolodendlon«, sagt Studienrat Hals und kann gar nicht aufhören.

Und endlich klingelt es zur Pause, aber wir hatten noch fünf weitere Stunden an diesem Tag, und zwei Jahre lang sollte ich in diese verfluchte Klasse gehen und mich jeden Morgen wieder fürchten. Das Einzige, was mich aufrecht hielt, war der Gedanke an die Fender Stratocaster, aber zwischen ihr und mir lag nicht nur eine ansehnliche Summe Geld, es lag auch wie gesagt ein Stapel an Zeit dazwischen, und wenn Zeit Geld ist, etwas, woran ich zweifelte, aber es auch nicht ganz ausschließen konnte, dann würde die elektrische Gitarre nie mir gehören. In finsteren Momenten kamen mir diese Gedanken. Dann gehörte auch ich zur Mannschaft eines verloren gegangenen Raumschiffs. Übrigens hörte ich mal in einer Rundfunksendung von einem Ort auf Neuseeland, der so lag, dass dort schon Montag war, wenn beispielsweise in Skillebekk immer noch Wochenende war, und dass sie dort Neujahr viel früher als alle anderen feierten. Man konnte also von diesem bestimmten Ort auf Neuseeland aus in Skillebekk anrufen und erzählen, wie es am nächsten Tag sein würde. Und wenn jemand aus diesem Ort aus irgendeinem Grund nach Skillebekk reisen wollte, dann würde er am vergangenen Tag ankommen. Das war nicht zu begreifen. Dass jemand einen Vorsprung hatte und andere zurückblieben, erschien nicht gerecht. Dass die Zeit nicht überall gleich war, erschreckte mich fast zu Tode. Das musste bedeuten, dass Gott ein schlechter Uhrmacher war. Die Welt lief verkehrt. Jeder Mensch lebte in seiner eigenen Zeit. Aber wenn ich es mir genauer überlegte, dann war diese Regelung vielleicht gar nicht so übel. Ich konnte an diesen Ort auf Neuseeland reisen und mir auf diese Art ein oder zwei Tage ersparen und sie schneller überstehen, während alle aus Neuseeland nach Skillebekk fahren konnten, wenn sie etwas getan hatten, was sie bitter bereuten und was sie ungeschehen machen wollten.

Warte nur, hatte Putte gesagt.

Und ich radelte kreuz und quer zwischen den Adressen hin und her, und bald gab es nicht eine Straße auf dieser Seite des Flusses, die ich nicht kannte. Falls ich auf dem falschen Stern gelandet war, so wie Obstfelder, dann war ich zumindest in der richtigen Stadt. Es gab sogar Gerüchte über mich. Ich war der schnellste Blumenbote der Stadt. Und eines Tages wurde ich im Skovveien vom schlimmsten Konkurrenten von Finsen Selbst angehalten, nämlich von Radoor aus der Nähe des Riddervolds plass.

Er nahm mich beiseite.

»Wie viel bezahlt Finsen?«, fragte er.

»Eine Krone südlich von Adamstuen. Und eine Krone fünfzig westlich von Skøyen.«

Radoor legte mir die Hand auf die Schulter.

»Dann kann ich dir zwei Kronen nördlich von Adamstuen anbieten.«

»Aha.«

»Überleg es dir.«

Ich überlegte es mir. Dann fuhr ich mit dem Rad zurück zu Finsens Flora, wo Finsen Selbst bereits ungeduldig wartete.

»Was wollte Radoor?«

Er hatte uns also gesehen.

»Ladoor?«

»Radoor! Tu nicht dümmer, als du bist!«

Ich überlegte, aber nicht lange.

»Er hat mir zwei Kronen fünfzig nördlich von Adamstuen angeboten«, sagte ich.

Finsen Selbst zerbrach vor lauter Erregung drei Nelken. Frau Finsen Selbst, die im Laufe des Herbstes noch flacher geworden war und jetzt einer dreieckigen Briefmarke aus Holland ähnelte, musste ihn beruhigen. Was nicht so einfach war. Er riss sich los.

»Ich werde Radoor zermalmen! Dazu habe ich ja wohl jedes Recht! Hier habe ich dich unter meine Fittiche genommen, dir vertraut, du, du undankbares Geschöpf, du wusstest doch vorher kaum, wo das Schloss liegt! Und was hast du ihm gesagt?«

»Dass ich es mir überlegen werde.«

»Es dir überlegen? Na, du bist mir vielleicht ein Schlingel! Versuchst du mich zu erpressen? Ist da vielleicht auch noch die Gewerkschaft mit im Spiel? Hä?«

»Nicht dass ich wüsste.«

Finsen Selbst musste sich setzen, während er mit zitternden Händen eine schiefe Zigarette drehte. Glücklicherweise ging er nicht zu Radoor, um ihn zu zermalmen. Stattdessen seufzte er schwer.

»Ich möchte dich nicht verlieren. Was sagst du zu zwei Kronen zehn westlich von Skøyen?«

»Danke.«

»Und kein Wort zu Radoor! Ich verbiete dir jeden Kontakt mit dem Feind! Ist das klar und deutlich verstanden?«

Ich nickte. Finsen Selbst schüttelte lange den Kopf.

»Mein Gott. Zwei Kronen fünf!«

»Zehn«, korrigierte ich.

»Ja, schon gut. Dann eben zwei Kronen zehn. Ich bin so oder so ruiniert. Weißt du, wie man das nennt?«

»Nein.«

»Freier Markt. Alle gewinnen. Alle außer mir.«

Frau Finsen Selbst mochte nicht länger zuhören.

»Ach, dass du immer nur klagen musst! Radoor gewinnt doch auch nicht.«

Finsen Selbst lachte bitter.

»Nicht? Jedenfalls muss er unserem Blumenboten nicht zwei Kronen zehn bezahlen. Aber ich!«

Finsen Selbst drehte sich zu mir um.

»Oder ist das vielleicht nicht korrekt? Hä?«

»Doch, ja«, bestätigte ich.

»Gut, dann sind wir uns endlich einig.«

Und ich konnte vor Bruns Musikaliengeschäft stehen bleiben und mich in meinen Träumen verlieren, der elektrischen Gitarre näher als je zuvor.

Eines Tages, als ich genau das machen wollte, mich in meinen Träumen verlieren, da entdeckte ich Edgar. Er ging auf dem gegenüberliegenden Bürgersteig, die Hände in den Taschen. Eigentlich hätte ich mich freuen sollen. Aber das tat ich nicht. Ich wusste nicht, warum. Ich wusste nicht, warum ich so unwillig war.

Ich versteckte mich schnell hinter einem Laternenpfahl.

Edgar war ein Junge, den ich vom Sommer auf Nesodden kannte. Er wohnte mit seiner Mutter in den Baracken, die die Deutschen unten auf Signalen gebaut hatten, gleich da, wo die Fähre anlegt, und die jetzt als Ferienhäuser an alleinstehende Mütter aus Oslo und Umgebung vermietet wurden. Unser Sommerhaus lag näher bei Hornstranda, ein altes Holzhaus von der Jahrhundertwende, und wenn die Sonne schien und es ziemlich heiß war, weit über zwanzig Grad, vielleicht dreißig, dann begann die Beize an den Wänden zu platzen, in kleinen Blasen, und wenn ich später am Abend die Handflächen auf die fast schwarzen Bretter legte, da war es, als wäre ich an das Haus festgeleimt, ich hing mit einer dünnen, klebrigen Haut am Haus fest, wie Leim, wie Honig, und manchmal träumte ich, und das war genau genommen kein unangenehmer Traum, er war eigentlich ganz schön, dass ich nie wieder loskam, dass ich dieses Haus für den Rest meines Lebens mit mir schleppen musste, und noch heute kann ich, bei bestimmten Anlässen, es kann auch mitten im Winter sein, das Gewicht all dieser Sommer spüren, die ich dort verbracht habe. Aber eines Tages, und ich kann mich nicht mehr daran erinnern, in welchem Sommer es war, da begegnete mir Edgar, wahrscheinlich auf dem Anleger, vielleicht angelten wir Makrelen im Regen, und einer von uns schlug vor, dass wir Freunde werden sollten, denn wir hatten genau genommen nicht viele zur Auswahl. Wir lagen dann zusammen auf dem Sprungbrett und zählten Krebse, Klippenbarsche und Bikinis. Ein andermal spielten wir Fußball im Apfelbaumgarten bei uns. Aber nach einer Weile hatte ich keine Lust mehr. Zwei sind eine sehr kleine Mannschaft. Als Vater das Federballset mitbrachte, ein Geschenk von einem zufriedenen Kunden in der Bank, spielten wir das stattdessen. Der Rekord waren 143 Schläge am Stück. Dann kam Wind auf. Edgar brüstete sich damit, auf einer Luftmatratze über den Fjord nach Sandvika gepaddelt zu sein. Wir machten zwei Jahre hintereinander Schwimmkurse, und wenn wir Geld hatten, fuhren wir mit dem Rad ganz hoch bis zum Zentrum, wo viele der Einheimischen sich aufhielten, also diejenigen, die das ganze Jahr hier auf dem Lande lebten, und früher einmal wurde Nesodden das Reisigbesendorf genannt wegen all der Armut und des Elends, aber jetzt gab es wie gesagt ein Einkaufszentrum hier, mit Läden, Friseur, Sparkasse und Café, und dort kauften wir beispielsweise ein Softeis mit Schokostreuseln, das wir uns teilten, ein Softeis, das sich aber auf keinen Fall mit den Angeboten im Studenten messen konnte, der berühmten Eisdiele auf der Karl Johan gate. Übrigens fehlte ein Brett im Boden des Badehauses am Bunnefjord, und unter dem konnte man liegen, während sich jemand umzog, beispielsweise die Mädchen von Fagerstrand. Wenn wir im August zurück in die Stadt fuhren, sagten wir nur tschüs und sahen uns erst im nächsten Sommer wieder. So war es nun einmal.

Aber Edgar hatte mich bereits gesehen. Es ist unmöglich, sich mit einem Fahrrad zu verstecken, das auch noch einen Pappkarton auf dem Gepäckträger hat. Er kam in zu großen Schuhen die Bygdøy allé entlanggelaufen, zog die Hände aus den Taschen und winkte mit beiden Armen. Nein, es gab keinen Zweifel. Ich trat einen Schritt hinter dem Laternenmast hervor.

»Hallo, Edgar«, rief ich.

Edgar blieb atemlos vor mir stehen.

»Was machst du hier?«, fragte er.

Was ich hier machte?

Wo sollte ich sonst etwas machen, wenn nicht hier?

Die Frage war eher, was ausgerechnet Edgar hier

machte. Er wohnte in einem ganz anderen Viertel und ging in eine andere Schule, sprach anders, trug andere Kleidung und hatte eigentlich überhaupt nichts in der Bygdøy allé zu suchen.

»Ich wohne hier«, sagte ich.

Edgar ließ nicht locker.

»Hier? Wo denn?«

Und in dem Moment wurde mir klar, was er hier machte.

Er suchte mich.

»Was machst du hier?«, fragte ich.

»Nichts.«

Eine Weile blieben wir stehen, ohne etwas zu sagen, verlegen, als hätten wir einander auf frischer Tat ertappt.

»Ach so«, sagte ich.

Etwas stimmte nicht mit Edgars Gesicht. Ich war nicht in der Lage zu sagen, was es war. Aber etwas war irgendwie schief und fremd an ihm. Ich überlegte, ob es vielleicht daran lag, dass wir in der Stadt waren und dass wir hier anders wurden. Vielleicht stimmte ja mit meinem Gesicht auch etwas nicht.

Edgar zeigte auf mein Fahrrad.

»Hast du deinen Ranzen in dem Karton?«

»Ich trage Blumen aus.«

»Du trägst? Fährst du nicht? Schiebst du das Fahrrad, wenn du Blumen austrägst?«

Darüber lachten wir ein wenig zu lange.

Schließlich sagte ich:
»Ich muss los.«
Edgar hielt mich zurück.
»Lass uns telefonieren«, sagte er.
»Ja, klar doch.«
»Abgemacht?«
»Abgemacht, Edgar.«
Und ich radelte nach Hause, und ich sah Edgar im Rückspiegel, fast bis hinunter zur August aveny, und danach konnte ich neue Adressen in die Bibel des Blumenboten eintragen: Arbiens gate, wo übrigens Ibsen starb, Wergelandsveien, Welhavens gate, Camilla Colletts vei, Munkedamsveien, an dem eines der Gebäude übrigens seinerzeit Bjørnsonløkka genannt wurde, weil dieser Dichter dort genau vier Jahre gelebt hatte, von 1869 bis 1873, sogar die Dops gate fand ihren Platz in meiner Bibel, aber die Dops gate lag so weit abseits, dass Finsen Selbst mir ganze 2,75 Kronen zahlen musste, das war Rekord, aber ich riskierte fast mein Leben, als ich das Paket dort ablieferte. Die Eckersbergs gate trug ich auch ein. Und ich muss eigentlich von einer Tour erzählen, die ich dorthin machte, in die Eckersbergs gate. Dort wohnte nämlich Maria Quisling, Vidkun Quislings Witwe, und es war auf den Tag genau zwanzig Jahre her, dass er in der Akershus festning durch Schüsse hingerichtet worden war, es war also der 24. Oktober 1965. Vidkun Quisling hatte Norwegen auf das Gröbste verraten, und die meisten waren

sich darüber einig, dass er sterben musste. Damit gab es einen Verräter weniger und ein Wort mehr in unserer Sprache. Quisling. Es gibt nur wenige, nach denen ein Wort benannt wird. Nicht einmal Hitler gelang das, beispielsweise hitlern, das könnte doch bedeuten, das Schlimmste, was man sich denken kann, Menschen zuzufügen, und nicht nur seinen Nächsten, sondern der Menschheit an sich, uns allen, außer demjenigen, der hitlert, hitlern wäre damit ein so großes, allumfassendes Wort, dass es den Rest der Sprache in den Schatten stellen würde, wenn man nicht eine sehr, sehr gute Person fand, nach der man ein Wort benennen konnte, aber gibt es überhaupt einen Menschen, dessen gute Taten sich mit Hitlers bösen messen können? Gibt es so einen Ausgleich? Nicht dass ich wüsste. Aber es war nicht Maria Quisling, der ich Blumen bringen sollte. Es war Halvorsen im Stockwerk darüber, und Halvorsen war nicht zu Hause. Ich konnte das Paket nicht einfach vor die Tür legen. Das war, wie gesagt, streng verboten. Deshalb klopfte ich bei den Nachbarn an, mit dem gleichen Resultat, niemand öffnete, wo waren sie alle, war dieser düstere Treppenaufgang verlassen, sollte das Haus vielleicht abgerissen werden? Und zum Schluss stand ich also vor der Tür von Maria Quisling und spürte einen Strom von Kälte und Dunkelheit, der durch das Schlüsselloch floss. Wenn ich mein Auge ans Schlüsselloch gelegt hätte, um zu sehen, ob jemand daheim war, wäre ich blind geworden. Ich klingelte. Das war das Schlimmste. Ich wusste, was passieren würde. Diejenigen, für die die Blumen gar nicht bestimmt waren, glaubten natürlich, dass die Blumen für sie waren, und die Enttäuschung war dann umso größer, sie wurde doppelt so bitter, weil die Fallhöhe so groß war, wenn sie begriffen, dass sie gar nicht gemeint waren, dass die Blumen für den Nachbarn bestimmt waren. Ich klingelte noch einmal. Die Tür wurde einen Spalt weit geöffnet. Ich konnte ihr Gesicht in dem schmalen Schatten sehen. Es war die Maske der Ausgestoßenen. Aber als sie mich sah, den Blumenboten, und sich vielleicht für einen Moment einbildete, dass die Blumen für sie waren, schließlich war es ja genau zwanzig Jahre her, dass Vidkun hingerichtet worden war, da glitt der Schatten zur Seite, und hinter dem Schatten befand sich in diesem Augenblick ihr erstes Gesicht, ich sah es, vielleicht war ich der Einzige, der es je gesehen hat, bevor sie starb, immer noch genauso scheu und ausgestoßen, in der gleichen Wohnung, fünfzehn Jahre später.

»Für mich?«, fragte sie.

Ich antwortete:

»Ihr Nachbar ist nicht zu Hause. Könnten Sie die Blumen für ihn annehmen?«

Ihr erstes Gesicht verschwand wieder, schneller, als es zum Vorschein gekommen war, hinter dieser Maske aus Schatten und Kälte, während sie die Tür schloss, und ich konnte hören, wie der Schlüssel in zwei Schlössern umgedreht und eine Kette gelöst wurde, die an der Innenseite befestigt war, als lebte sie tief unten in einem versiegelten Leben in einer Welt, die gekentert war.

Es blieb mir nichts anderes übrig, als mit dem Paket zurück zum Laden zu fahren. Aber im ruhigsten Teil der Odins gate begegnete ich Göring, mit anderen Worten Putte. Er versperrte mir den Weg. Er hatte keine friedlichen Absichten. Das war es also, worauf ich hatte warten sollen. Jetzt war die Wartezeit vorbei. Ich musste scharf bremsen und absteigen. Er saß auf seinem Moped, den Helm auf dem Kopf.

»Ist das Lododendlon?«, fragte er.

»Nein, das sind Nelken.«

»Nelken?«

»Ja.«

»Ich will keine Nelken«, sagte Putte.

Da tauchten zwei andere hartgesottene Burschen aus der Klasse auf. Auch sie hatten keine friedlichen Absichten, ganz im Gegenteil. Sie nahmen Halvorsens Paket, warfen es in den Rinnstein und trampelten achtzehn Mal darauf herum, bevor Putte mit dem Moped über den Strauß fuhr, vor und zurück. Die Blumen waren natürlich nicht mehr zu retten. Und nachdem Putte und der Rest der Gestapo verduftet waren, da tat ich etwas Unerhörtes, etwas, das eigentlich gar nicht nötig gewesen wäre, ich hätte ja sagen können, wie es wirklich war oder dass ich einen Sturz gebaut hätte, aber ich tat es dennoch, vielleicht, weil ich aus dem Gleichgewicht gebracht worden war und fürchtete, meinen Job zu verlieren, zu lügen oder zu petzen. Ich entschied mich für eine andere, größere Lüge, ich machte Schlimmes noch schlimmer in der Absicht, alle Probleme zu lösen, ich entschied mich für das Schlimmste, was ich tun konnte, ich fälschte die Unterschrift. Ich schrieb mit vorsichtigen Buchstaben *Halvorsen* auf den Abschnitt, meiner eigenen undeutlichen und unreifen Schrift so unähnlich wie nur möglich, und fügte meinem ersten Verbrechen Datum und Uhrzeit hinzu: 24.10, 1965, 15.20 Uhr.

Dann musste ich die Leiche loswerden. Ich warf die traurigen Überreste von Halvorsens Strauß, sieben zerschmetterte Nelken, in einen Mülleimer in einem dunklen, versteckten Hinterhof ganz hinten in Tors gate. Anschließend fuhr ich zurück zu Finsens Flora, als wenn nichts passiert wäre, und lieferte die Quittungen der Woche ab, darunter auch den falschen Halvorsen, und ich bekam 39 Kronen und fünfzig Öre ausbezahlt, was Finsen Selbst, um seinen guten Willen zu zeigen, auf vierzig aufrundete.

»Schönes Wochenende«, sagte ich.

»Das kannst du wohl sagen«, sagte Finsen Selbst.

Ich war bereits abgebrüht.

Aber jetzt hatte ich etwas anderes zu erwarten. Jetzt war es nicht Putte, der das sagte, sondern Gott: Warte nur. Hätte ich an einem speziellen Ort in Neuseeland gewohnt, hätte ich schnurstracks nach Skillebekk fahren und es unterlassen können, die Unterschrift zu fälschen, ich hätte mir selbst sozusagen zuvorkommen und es sein lassen können, ich hätte sogar einen anderen Weg nach Hause einschlagen und damit vermeiden können, Putte zu begegnen. Aber das war ein magerer Trost. Wenn ich es mir genau überlegte, dann war es überhaupt kein Trost, eher im Gegenteil. Denn wenn ich in Neuseeland gelebt hätte, wäre ja nichts davon überhaupt passiert. Ich war gefangen, ein für alle Mal, in meiner lokalen Zeit.

Ich wartete darauf, entlarvt zu werden.

Und eines Abends, als ich in meinem Zimmer saß und wartete, da klingelte das Telefon. Es war für mich. Mutter kam und sagte, es wäre für mich. Das war selten. Ich konnte mich nicht daran erinnern, dass mich überhaupt jemand einmal angerufen hatte, abgesehen von meinem Vater, der einmal von der Bank aus anrief, um zu sagen, dass er sich verspäte, weil ein Kassierer schwedische Valuta unterschlagen habe, und dass wir nicht mit dem Essen warten sollten, aber eigentlich wollte er mit Mutter sprechen, also galt das irgendwie nicht.

»Da ist jemand am Telefon für dich«, wiederholte Mutter.

Ich stand nicht auf.

Jetzt ist es passiert, dachte ich. Jetzt bin ich entlarvt worden. Das ist die Polizei.

»Es ist Edgar von Signalen«, sagte Mutter.

Edgar von Signalen.

Der herrliche Edgar von Signalen!

Mein Freund, mein bester Freund!

Ich hatte Edgar vollkommen vergessen oder genauer gesagt, ich hatte einfach nicht mehr an ihn gedacht.

Mutter wurde auf eine lächelnde und sonderbare Art und Weise ungeduldig.

»Beeil dich. Die Einheiten laufen bei Edgar.«

Ich lief in den Flur hinaus. Der Hörer lag vor dem schwarzen Apparat auf der Kommode. Ich nahm ihn hoch und hörte Edgars Atem auf der anderen Seite der Stadt.

»Ich rufe an«, sagte er.

»Das habe ich verstanden«, sagte ich.

»Ich halte mich an unsere Abmachung.«

Jetzt war die erste Erleichterung vorbei, ich war nicht mehr ganz so erleichtert.

»Was willst du?«

»Das war doch eine Abmachung, oder? Dass wir anrufen wollten.«

Aber einer musste dann ja auf jeden Fall zuerst anrufen. Wir konnten nicht beide gleichzeitig anrufen. Dann hätte es bei beiden nur Besetztzeichen gegeben. So war die Logik der Abmachung. Einer von uns musste sie besser einhalten. Es war Edgar, der sie eingehalten hatte.

»Bist du noch dran?«, fragte Edgar.

»Ja.«

»Ich kann gern zu dir kommen.«

»Ich auch.«

Edgar lachte.

»Kannst du auch gern zu dir kommen?«

Ich hatte keine Lust, wohin auch immer zu kommen. Und ich hatte erst recht keine Lust, dass Edgar irgendwohin kommen sollte. Ich hatte überhaupt keine Lust, dass überhaupt jemand überhaupt irgendwohin kommen sollte. Aber ich musste mich entscheiden. Es gab keinen anderen Weg.

»Ich meinte zu dir«, sagte ich.

»Habe ich schon kapiert.«

»Gut.«

Eine Weile blieb es still am Telefon. Ich glaubte einen Moment lang, dass Edgar aufgelegt hatte. Aber das hatte er leider nicht.

»Was wird das nun?«, fragte er.

»Was wird was?«

»Soll ich zu dir kommen oder umgekehrt?«

»Umgekehrt.«

Als ich schließlich den Hörer auflegte, erschöpft und verschwitzt, stand Mutter in der Küchentür, ein leeres Glas in der Hand.

»War das wirklich Edgar?«, fragte sie.

Ich nickte.

Er war es wirklich. Es war wirklich Edgar.

Mutter hatte einen Milchbart, zwei weiße Flügel über dem Mund, wenn sie lächelte, mit anderen Worten hatte sie also schon eine Weile dagestanden und gelauscht.

»Das ist nicht immer einfach«, sagte sie.

Ich fühlte mich plötzlich unendlich alt, ja, fast in die Jahre gekommen, als Mutter das sagte, und es erfüllte mich mit einem Ernst, der mich noch älter machte, ich stand sozusagen am Rande des Grabs.

»Nein, das ist es nicht«, sagte ich.

Ich ging zurück in mein Zimmer und wartete weiter darauf, entlarvt zu werden.

Was nicht geschah.

Abend für Abend saß ich da und machte Hausaufgaben, wartete und machte Hausaufgaben, aber ich konnte mich nicht konzentrieren, denn ich dachte an Halvorsen in der Eckersbergs gate, und jetzt war es fast ein Trost, stattdessen an Edgar zu denken und an die Abmachung, die wir getroffen hatten, aber auch wenn ich versuchte, an ihn zu denken, so gelang es mir nicht, es war Halvorsen, der meine Gedanken beherrschte und sie bis zum Rand mit all der Unruhe füllte, die nur aufzutreiben war. Vielleicht wartete Halvorsen immer noch auf die Blumen, vielleicht war es ein Hochzeitstag, der hatte gefeiert werden sollen, ein Geburtstag, ein Jubiläum, und wenn die Blumen nicht kamen, endete das in heftigem Streit, Handgemenge und Scheidung, bevor ein gebrochener Herr Halvorsen schließlich Finsens Flora aufsuchen und dort mit eigenen Augen sehen würde, dass die Unterschrift falsch war, und dann musste ich Rede und Antwort stehen, vielleicht wussten sie aber auch gar nicht, dass ihnen jemand Blumen geschickt hatte, es sollte ja eine Überraschung sein, während der Ärmste, der sie geschickt hatte, ungeduldig auf ein Dankeschön wartete, einen Telefonanruf, einen Brief, zumindest ein Lebenszeichen, und als das nicht kam, was Ausdruck größter Undankbarkeit war, würde das nicht wiedergutzumachende Schäden verursachen, Freundschaften konnten zerbrechen, Familien getrennt werden, Nationen den Krieg erklären. Ich konnte Maria Quisling die Schuld geben. Wem würden sie eher glauben, mir oder ihr? Ich könnte einfach sagen, ich hätte das Paket bei Maria Quisling abgegeben, weil Halvorsen nicht zu Hause war. Aber wie willst du dann die falsche Unterschrift von Halvorsen erklären? Kannst du mir das sagen, du verräterischer Blumenbote? Weil Maria Quisling so unterschrieben hat. Maria Quisling heißt nicht Halvorsen, ihr eigentlicher Name ist Vasiljevna Pasetsjnikova! So dachte ich. Und an so einem Abend kam Vater in mein Zimmer.

»Störe ich?«, fragte er.

»Ja.«

Er schloss trotzdem die Tür und setzte sich auf mein Schlafsofa. Dort blieb er eine Weile sitzen, bis er fragte:

»Wie läuft es mit der Gitarre?«

»Gut.«

»Fender. So heißt sie doch, oder?«

»Ja. Fender Stratocaster.«

»Ach ja. Fender Stratocaster. Und die ist elektrisch?«

»Ja.«

»Was machst du?«

»Hausaufgaben.«

»Das ist gut. Mathe?«

»Literaturgeschichte.«

»Ja, das musst du ja auch lernen. Dann will ich dich nicht länger stören.«

Vater stand auf und setzte sich wieder.

»Du führst doch hoffentlich genau Buch bei all diesen Blumen, die du austrägst?«

»Ich denke schon.«

»Du denkst schon? Buchführung ist nicht so ungenau wie die Literatur, die du liest.«

»Das ist Literaturgeschichte.«

»Weißt du beispielsweise, was ein Debet ist?«

»Nein, Vater.«

»Debet ist Latein und bedeutet: *er ist schuldig.* Weißt du, was Kredit bedeutet?«

»Er ist unschuldig.«

Vater musste lange lachen.

»Das werde ich morgen in der Bank erzählen. Ist das in Ordnung für dich? Dass ich das morgen in der Bank erzähle?«

»Ja, Vater.«

»Kredit bedeutet, *etwas guthaben*, und das soll auf der rechten Seite der Tabelle stehen, während Debet immer links stehen soll. Jetzt weißt du das.«

»Ja, Vater.«

»Dann sag mir jetzt, bist du im Debet oder im Kredit?«

»Debet«, sagte ich.

»Debet? Tatsächlich? Bist du etwas schuldig?«

»Ich meine Kredit, Vater.«

»Wenn du ein ordentliches Lexikon hättest, bräuchtest du das nur nachzuschlagen. Debet und Kredit.«

Ich sagte nichts, starrte auf die Buchstaben, die unter mir wegflossen wie Fliegen auf einem Teller mit grauem Wasser, und es war, als würde ich allein davon, dass ich hier saß, feuchte Hände bekommen.

Vater stand ein letztes Mal an diesem Abend schwerfällig auf, blieb aber an der Tür stehen.

»Und was willst du mit einer elektrischen Gitarre, wenn du keinen Verstärker hast?«, fragte er.

»Ich kann die Gitarre ans Radio anschließen.«

»Ans Radio? Und wenn du Gitarre spielst, dann hörst du nur die Wettermeldungen? Oder den Seebericht?«

Wieder lachte Vater.

Ich sagte nichts, aus Rücksicht auf uns beide.

Aber als Vater meinte, er habe genug gelacht, sagte er:

»Denk lieber an das Lexikon, du. Das braucht keinen Verstärker.«

In dieser Nacht, nachdem Mutter und Vater sich schlafen gelegt hatten und Gundersen, der Pfeifer und Tom Curling nicht zur Ruhe kamen und ich das nicht mehr aushalten konnte, schlich ich mich die Treppe hinunter und folgte dem weißen Streifen des Monds hoch zur Bygdøy allé, wo die kahlen Bäume auf beiden Seiten standen wie magere Albträume, in Kohle geschnitten. Ich lief und lief. Mein Herz war ein Bügeleisen, das Löcher durch Mark und Bein brannte. Meine Hände waren feucht und troffen wie Regen von den Armen. Dann blieb ich bei Bruns Musikaliengeschäft stehen. Da stimmte etwas nicht. Ich trat näher. Die Fender Stratocaster war nicht mehr da. Die elektrische Gitarre war durch einen zerdrückten Blumenstrauß ersetzt worden, einen Strauß zerbrochener Nelken. Das Preisschild war an einem abgeknickten Stiel befestigt, aber die Zahl war durchgestrichen, und stattdessen stand da: 463 Tage und 8 Minuten.

In der nächsten Nacht badeten die Straßen von Skillebekk in grellem Flutlicht, obwohl kein Mond am Himmel zu sehen war. Ich blieb an der Ecke von Svolder und Gabel stehen und schaute alles an, was in dieser sonderbaren Sonne geschah. Jemand drehte einen Film in unseren Straßen. Die Bürgersteige waren mit Erde bedeckt. Die Autos waren durch Pferde ersetzt worden. Die Gardinen in allen Fenstern waren ausgetauscht worden. Die Zeit war ins vorige Jahrhundert zurückgedreht worden. Da stellte sich ein Mann neben mich. Es war der Korrepetitor. Die blaue Blume in seinem Knopfloch war verwelkt. Er kam also wieder zu mir, hielt nicht das, was ich versprochen hatte, hoch und heilig, nämlich dass er sich nie wieder zeigen würde, und wie könnt ihr mir dann noch vertrauen?

»Was geht hier vor?«, fragte ich.

»Siehst du das nicht? Du siehst doch sonst immer so gut.«

Ich sagte:

»Ich bin geblendet.«

»Daran musst du dich gewöhnen.«

»Wie denn?«

»Schau noch genauer hin. Begegne den Blicken. Finde dich selbst in einem Blick, dem du standhalten kannst. Das ist das Einzige, was hilft.«

Und ich schaute noch genauer hin, und ich sah diese Schatten, die mich in dem Scheinwerferlicht blendeten, diese unfertigen Charaktere. Nachdenklich, merkwürdig, bereitwillig, entgegenkommend, speziell, stolz, gequält, hässlich, nett, geschlagen und wieder aufgerichtet, all diese merkwürdigen Sonderlinge, die außerhalb des Kamerawinkels standen.

»Wer ist das?«, fragte ich.

Der Korrepetitor legte mir seine rechte Hand auf die Schulter.

»Eines schönen Tages wirst du sie wiedererkennen, mein Junge.«

»Wieso?«

»Das sind deine Leute.«

Meine Leute?

Ich verstand nicht, was er meinte.

Aber ich sah sie. Ich hatte sie gesehen. Ich weiß natürlich nicht, ob sie mich haben sehen können. Die Wahrscheinlichkeit spricht dagegen, dass sie es konnten. Denn jetzt waren sie es und nicht mehr ich, denen das weiße Licht direkt ins Gesicht schien. Ich stand auf der anderen Seite.

»Kennst du sie?«, fragte ich.

Der Korrepetitor lachte leise.

»Weißt du nicht, wer ich bin?«

»Doch. Du bist der Korrepetitor vom Chat Noir.«

Noch einmal lachte er leise.

»Nicht nur vom Chat Noir, mein Junge. Ich habe mit allen geprobt, mit allen.«

Ich verstand immer noch nicht, was er meinte.

»Aber nicht mit mir«, sagte ich.

»Oh doch. Ich habe auch angefangen, mit dir zu proben.«

Der Korrepetitor strich mir mit seiner warmen Hand über die Stirn, kehrte mir den Rücken zu und ging quer durch Skillebekk.

Dann wurde es zu viel für den großen Regisseur, und er jagte alle Zuschauer davon, um seine Ruhe zu haben, aber sie kamen zurück, aufdringlich und schüchtern, jedes Mal dem Flutlicht ein wenig näher, wie Motten, es fehlte nicht viel, dass sie sich die Finger verbrannten, und zum Schluss gab der Regisseur auf, er beorderte die armen Schauspieler an ihren Platz, löschte die Lampen und ließ unsere Straßen in ihrer üblichen Dunkelheit zurück.

In der nächsten Nacht kam Mutter. Sie kam, während ich davon träumte, dass jemand alle Straßenschilder der Stadt ausgetauscht hatte. Die Niels Juels gate wurde zum Munkedamsvei. Der Vestkanttorget zum Riddervolds plass. Der Wergelandsveien zur Welhavens gate. Es hörte gar nicht auf. Und als die Menschen aufwachten, wohnten sie unter fremden Adressen, und sie fanden nicht zurück, und es fand auch niemand zu ihnen. Das Einzige, was geblieben war, das waren die August aveny, die Haxthausens gate 17 und Bruns Musikaliengeschäft, denn diese Adressen kann nur ich ändern. Mutter setzte sich auf die Bettkante und legte mir ihre Hand auf die Stirn. Sie entwickelte mich, ob ich es wollte oder nicht. Mutter hob mich vorsichtig aus diesen Träumen heraus. Mutter war wieder magisch geworden.

»Du hast Fieber gehabt«, sagte sie.

»Und du warst in der Dunkelkammer.«

»Woher weißt du das?«

»Das erkenne ich am Geruch«, sagte ich.

Mutter lächelte.

»Die Bilder vom Sommer sind bald fertig. Möchtest du sie sehen?«

»Nein.«

Mutters Stimme, leise, verwundert:

»Nein? Du willst sie nicht sehen?«

»Nein«, sagte ich.

»Dabei sind sie so schön geworden. Besonders das, wo du auf dem Sprungbrett stehst. Zusammen mit Edgar. Du bist der Braunste von allen.«

»Wie kannst du das wissen, wenn sie schwarzweiß sind?«

»Dieses Jahr sind es Farbfotos«, sagte Mutter.

»Ich will sie nicht sehen.«

Mutters Hand zitterte plötzlich. Aber schnell kam sie wieder zur Ruhe.

»Es ist vorbei«, flüsterte sie. »Das Fieber ist weg.«

Dann geschah etwas, das heißt, es war etwas, das nicht geschah.

Ich öffnete die Augen und schaute mich um.

»Hörst du das?«, fragte ich.

»Was denn?«

»Es ist ganz still.«

Mutter lauschte eine Weile.

»Ja, das stimmt.«

Es war nicht ein einziges Geräusch im ganzen Haus zu hören, keine Steine, die über Tom Curlings gebohnerten Linoleumfußboden rutschten, keine Flaschen, die auf Gundersens ovalem Couchtisch gedreht wurden, und last, but not least, kein Pfeifen, nicht ein Ton, nicht ein einziger Pieps, der Pfeifer pfiff nicht mehr, das letzte *Que sera, sera* hatte seinen Mund verlassen, und die Hinterhofoper war vom Plakat gestrichen.

Vater kam angelaufen, ein besorgter Kassierer im Pyjama.

»Was ist los? Ist der Junge krank? Müssen wir einen Arzt rufen?«

Mutter wandte sich zu ihm um und schüttelte den Kopf.

»Hörst du es nicht?«

»Nein. Was denn?«

»Es ist ganz still.«

Vater blieb still stehen, schaute sich um, verblüfft, und dann lächelte er übers ganze Gesicht, als hätte er eine bisher unbekannte Zahl außerhalb aller Reihen entdeckt.

»Hat man so was schon gehört«, sagte er.

Jetzt konnten wir wie Engel in Skillebekk schlafen.

Der Pfeifer war endlich zum Schweigen gebracht worden.

Und so wurde uns die Geschichte erzählt, von der bald alle im Viertel wussten, zwar in sehr unterschiedlichen Versionen, denn auch wenn der Schluss immer derselbe war, so wurde man sich doch nicht einig über den genauen Verlauf , die merkwürdige Abfolge der Begebenheiten, aber diese Variante ist jedenfalls meine, und ich kann dafür einstehen, ganz gleich, wo auf der Welt ich sie vertreten soll: Der Pfeifer war niedergeschlagen worden. Es war genau an diesem Tag geschehen. Er war wie üblich zur Vestbanen hinuntergegangen. Er stand gern auf dem Rathausplatz und pfiff. Dort gab es nämlich eine ganz besondere Resonanz, während er sich gleichzeitig gegenüber dem ganzen Fjord wappnen konnte, was Kraft und Ausdauer betraf. An der Ampel, zwischen dem Vinmonopol und der Amerikanischen Botschaft, musste er bei Rot stehen bleiben. Der Pfeifer blieb stehen. Er trug seinen üblichen grauen Herbstmantel, der ihm ungefähr bis zu den Knöcheln reichte, einen weichen, schwarzen Hut mit tiefem Kopf und einen weißen Seidenschal, den er anderthalb Mal locker um den Hals geworfen hatte. Es heißt, er stand da und pfiff *Zwei kleine Italiener,* während er wartete. Andere behaupten ebenso felsenfest, dass es der unwiderstehliche Klassiker *Singin' in the Rain* war, den er im Drammensveien pfiff, während dieser schicksalsschweren Minuten Ende Oktober 1965, obwohl es nicht regnete, sondern vielmehr die Sonne schien, man könnte diesen Tag fast als Indian summer bezeichnen. Ich für meinen Teil bin mir sicher, dass es *Que sera, sera* war. Der Pfeifer pfiff *Que sera, sera*, und da stellten sich zwei stattliche Kerle neben ihm auf, beide trugen eine schwere Tüte mit Alkoholika, und viele behaupten, dass sie schon gut angeschickert waren, wie man damals in Skillebekk so sagte, aber das ist in meinen Augen ziemlich unwahrscheinlich, denn dann hätten sie im Vinmonopol keine zwei Flaschen Drei-Sterne-

Weinbrand kaufen können, was sie wohl offensichtlich getan hatten.

»Pfeifst du uns hinterher?«, fragte der eine.

Sein Ton war nicht freundlich.

Aber der Pfeifer verstand nicht so recht, was sie meinten, denn er war immer guten Glaubens und glaubte deshalb immer nur das Beste von den Menschen, was in den meisten Fällen leider falsch ist.

»Ist das nicht ein herrlicher Tag«, sagte der Pfeifer.

Diese Antwort beruhigte die beiden Kerle ganz und gar nicht.

»Pfeifst du uns hinterher?«, wiederholte der andere.

Jetzt nahm sich der Pfeifer einige Sekunden Bedenkzeit, nicht, weil er Unheil witterte, oh nein, sondern weil er eine Antwort geben wollte, die die innere Begeisterung ausdrückte, die er gerade empfand.

»Ich pfeife dem Leben selbst hinterher«, sagte er.

Doch auch diese Aussage besänftigte die Stimmung nicht. Und wäre die Ampel etwas schneller umgesprungen, dann hätte vielleicht alles, was bald passieren sollte, vermieden werden können. Aber die Ampel zeigte immer noch Rot für die Fußgänger. Und der Pfeifer begann erneut zu pfeifen, und dieses Mal sind sich die meisten einig, welche Melodie es war, er pfiff nämlich eine äußerst einfühlsame Version von *Wenn der weiße Flieder wieder blüht,* obwohl es einige in der August aveny gibt, die hartnäckig behaupten, dass es *I can't give you anything but love* war.

Die Kerle sahen einander an.

Der erste sagte:

»Verdammt, ich glaube, dieser Pfeifenreiniger steht hier und pfeift uns hinterher.«

In dem kurzen Stopp zwischen dem Vers und dem Refrain sagte der Pfeifer, und das war auch das Letzte, was er sagen konnte, um nicht zu sagen, pfeifen:

»Seid ihr vielleicht vom Lande, Jungs?«

Da schlugen sie zu.

Sie schlugen zu, bis die Ampel endlich umsprang.

Dann gingen die Täter, jeder mit seiner Tüte vom Vinmonopol, hinüber zur Amerikanischen Botschaft, und sie wurden nie gefasst.

Am nächsten Morgen kam der Pfeifer übel zugerichtet heim nach Skillebekk, ohne Vorderzähne, mit fünf Stichen in der Unterlippe, zwei in beiden Mundwinkeln, und einer Metallplatte im rechten Kiefer.

Der Pfeifer war, wie schon gesagt, zum Schweigen gebracht worden.

Aber das, was wir bis vor kurzem kaum hatten ertragen können und was wir um jeden Preis hatten loswerden wollen, das fehlte uns nun. Verwundert, fast peinlich berührt, mussten wir uns eingestehen: Wir vermissten das Pfeifen. Wir vermissten die munteren Triller. Wir vermissten die fröhlichen Melodien aus einem Guss. Wir vermissten die unverwüstlichen Schlager, ja, sogar *Ein Vogel schrie* hätten wir nur zu gern gehört. Wir wünschten uns, der Hinterhof möge wieder von den Toten auferstehen. Wir wollten, dass der Pfeifer nach Walcheren fuhr und Europameister im Pfeifen wurde, für Skillebekk. Aber die Zeit des Pfeifens war vorbei. Es begann langsam, aber sicher bergab zu gehen, und der optimistische, spielerische, ja fast verantwortungslose Charakter des Pfeifens passte nicht länger. Und derjenige, der pfeift, muss sich Zeit lassen. Die Schlagworte standen stattdessen jetzt ganz oben auf dem Plakat. Pfeifen war zu einer Beleidigung geworden. Die aufgeblasenen Wangen wurden in mageren, misstrauischen Gesichtern eingesogen.

Der Vogel war aus dem Mund des Pfeifers fortgeflogen.

Es war die Zeit für Reue, Melancholie und Abrechnung.

Es war bald Zeit für den November.

Ich hatte eine Abmachung.

Edgar wohnte in der Grubbegata. Ich hatte nie jemandem in der Grubbegata Blumen geliefert und würde es auch nie tun. Die Grubbegata gab es nicht in der Bibel des Blumenboten. Sie lag außerhalb des Stadtplans. Zuerst nahm ich die Straßenbahn bis zum Nationaltheater. Anschließend musste ich ein Stück die Karl Johan entlanggehen, die zu dieser Tageszeit, wenn die Geschäfte geschlossen und die Kinos noch nicht geöffnet sind, fast menschenleer ist, eine öde Ebene von Pflastersteinen und Laternenpfählen. Nur Bjørnson und Ibsen standen auf ihren Sockeln, der eine verbissen und zugeknöpft, der andere in Pose, mit offener Jacke und geschwollener Brust. Ein Gespenst und ein fröhlicher Knabe. Am Stortinget bog ich nach links ab und überquerte damit eine unsichtbare, aber dennoch scharfe Grenze im Wesen dieser Stadt, wie man so sagen könnte, ja, die Straße, die ich einschlug, hieß sogar Grensen, damit kein Zweifel darüber herrschte, was man da vor sich hatte, und alle Städte, insbesondere Hauptstädte, sind zweigeteilt, gern von einem Fluss, und jedes Ufer hat seine eigene Welt und Himmelsrichtung, die Seine, die Themse, die Donau, die Moldau, der Akerselva, und es wurden schöne, melancholische Lieder über diese Flüsse geschrieben, oft mit vielen Strophen, weil sie auch durch uns selbst fließen und uns in zwei Ufer aufteilen, die wir kaum je besucht haben. Nach Grensen ging ich die Akersgata entlang, vorbei an den Zeitungsgebäuden, in denen immer noch die Fenster leuchteten und aus denen weithin der hektische Lärm von Schreibmaschinen drang, und das erinnerte mich an das Lied, das ich nicht aus meinem Kopf bekam, *Listen, do you want to know a secret, do you promise not to tell.* Und ich ließ den Arne Garborgs plass hinter mir. Arne Garborg schrieb den Roman *Müde Männer,* ungefähr zur gleichen Zeit wie Obstfelder *Ich sehe* schrieb. Ich nehme an, dass beide müde waren. Jetzt ruhten sie sich wahrscheinlich in ihren Etagenbetten in der Deichmanske bibliotek aus.

Ich war auch ziemlich müde, und ich hätte mich gern schlafen gelegt.

Ich war in der Grubbegata.

Edgar wartete bereits auf der Treppe, vielleicht war er auch nur mit dem Müll unten gewesen, aber er hatte keinen Eimer dabei, deshalb war es eher anzunehmen, dass er auf dem Plumpsklo im Hof gewesen war.

»Hallo, Edgar«, sagte ich.

»Hallo«, sagte Edgar.

»Ja, hallo«, wiederholte ich.

Wir blieben stehen und betrachteten einander. Ich weiß nicht so recht, was wir eigentlich betrachteten. Edgar war an einem Tag, als er auf der Luftmatratze mitten im Fjord gelegen hatte, von der Sonne verbrannt worden. Jetzt hatte er eine Art weiße Narbe schräg auf der Stirn, einen schmalen Fleck, wo die Haut heller war als sonst. Erkannte ich ihn deshalb kaum wieder und fühlte mich unbehaglich?

»Schön, dass du kommen konntest«, sagte er.

»Na, klaro.«

Dann ging ich mit Edgar hinein. Er war anscheinend allein zu Hause. Auf der Küchenanrichte stand ein Krug mit Saft. Edgar wusch sich die Hände unter dem Wasserhahn und schenkte zwei Gläser ein. Wir tranken. Es schmeckte nach Johannisbeeren. Der Saft war dünn. Das erinnerte mich daran, dass der Sommer schon seit langem vorbei war, und das machte mich unruhig und fast betreten. Ich weiß nicht, warum, aber es war mir irgendwie peinlich, wie ich da stand, in Edgars Küche, und diesen dünnen Johannisbeersaft trank, als wären all die kurzen, unruhigen Sommer in ihm mit dem Rest meines Lebens vermischt worden, obwohl ich nichts hatte, wessen ich mich hätte schämen müssen, zumindest soweit ich wusste, was hätte das sein sollen, abgesehen von den Blumen für Halvorsen, aber damit hatte Edgar ja nichts zu tun. An einer Leine, die über den Herd gespannt und mit zwei Haken an der Wand befestigt worden war, hing Kleidung zum Trocknen. Ich zählte vier karierte Strümpfe, ein Unterhemd und ein blaues Hemd mit kurzen Ärmeln. Dann blieben wir eine Weile am Fenster stehen und sagten nichts, und das Einzige, was ich dachte, war, wie lange es wohl möglich war, hier zu stehen und nichts zu sagen. Mein Trost bestand darin, dass die Zeit so oder so verstrich, und wenn genug von ihr verstrichen war, beispielsweise eine Stunde, dann konnte ich ihr folgen und nach Hause gehen. Aber das war eigentlich ein schwacher Trost.

»Guck mal«, sagte Edgar.

Vom Fenster aus sahen wir fast direkt in die Hauptfeuerwache der Stadt. Alle Tore waren geöffnet. Drei Feuerwehrwagen standen in den großen Hallen bereit zum Ausrücken, jede Sekunde. Zwei Männer in schwarzen Overalls wickelten einen Schlauch auf, aus dem es immer noch tropfte, und ich hörte, wie diese Tropfen wie schwere Steine auf den dunklen, glänzenden

Asphalt fielen, und dieses Geräusch ließ das graue Fenster vor uns in den trockenen Fugen klirren und meine Augenlider erzittern. Was mich wunderte, war, dass die Männer auf eine so langsame, fast umständliche Art arbeiteten, als hätten sie alle Zeit der Welt und als wäre nichts wirklich wichtig.

Ich hoffte, dass es irgendwo brennen würde.

Aber es brannte nirgends an diesem Abend, nur unter meinen Füßen, und wer kann derartige Flammen löschen? Niemand. Das Einzige, was hilft, wenn es einem unter den Sohlen brennt, das ist zu gehen, schnell zu gehen, ganz gleich, wohin, ganz gleich, in welche Richtung, Hauptsache, man geht. Ich blieb stehen, neben Edgar. Mein Mund war ganz trocken. Der Johannisbeersaft half nicht, eher im Gegenteil, denn der fast unmerkliche Geschmack nach Sommer, der vorbei war, für alle Zeiten vorbei, erfüllte mich mit etwas, das ich noch nicht in Worte fassen konnte, es war Melancholie, und dieses Gefühl oder dieser Zustand, den einige auch Eigenschaft nennen, diese melancholische Eigenschaft erfüllte mich bis zum Rand, während ich das Glas mit dem dünnen Saft leerte und es auf der Küchenanrichte abstellte, verwirrt und immer noch gleich durstig.

Und ich wusste, warum ich mich schämte, es war ganz einfach, ich schämte mich, weil ich keine Lust hatte, hier zu sein, und nur hierhergekommen war, in die Grubbegata, um es einem recht zu machen, der Edgar hieß.

Edgar konnte vielleicht auf Nesodden ganz witzig sein, aber nicht in der Stadt.

Wir hatten nichts, worüber wir reden konnten.

Deshalb sagte ich das Dümmste, was ich seit langem gesagt hatte.

»Willst du Feuerwehrmann werden?«, fragte ich.

Edgar ließ eine Weile verstreichen, bevor er antwortete.

»Feuerwehrmann? Wieso das denn?«

Ich zuckte mit den Schultern.

»Weil du gleich neben der Feuerwache wohnst.«

Edgar zuckte auch mit den Schultern.

»Du musst doch kein Pfarrer werden, nur weil du neben einer Kirche wohnst«, sagte er.

»Da hast du wohl recht«, sagte ich.

Wir führten fast ein Gespräch. Wir sprachen fast miteinander.

Aber dann stockten die Worte doch wieder.

Die Straßenlaternen wurden angezündet. Ihr Licht war bleich und reichte nur so weit, dass zwischen den Pfählen immer noch eine große Finsternis auf dem Bürgersteig war. Es war ein Licht für Hunde, um darin zu pissen. Ich sehnte mich nach Alarm und Sirenen, nach Flammen, so hoch, dass es zum Steppenbrand auf dem Mond kam.

Nach einer Weile sagte Edgar:

»Es ist offener Abend im Freizeitclub von Hammersborg.«

»Ja?«

»Wir können hingehen und Tischbillard spielen.«

»Wie wäre es mit Federball?«

»Hast du keine Lust, Tischbillard zu spielen?«

»Schon möglich«, sagte ich.

Aber wir gingen nirgends hin. Wir warteten am Fenster und erlebten nicht einen einzigen Einsatz. Bald gaben sie da unten auch auf und schlossen die Tore.

Wir sagten fast eine Stunde lang nichts mehr.

Jetzt konnte ich bald nach Hause gehen.

Da sagte Edgar doch noch etwas.

»Soll ich dir was zeigen?«, fragte er.

Alles war besser als das bisher.

»Von mir aus gern«, sagte ich.

Ich folgte Edgar ins Wohnzimmer, wo ein braunes Schlafsofa an einer Wand neben einem Regal stand. Er schaltete eine Lampe ein und holte eine Dose vom obersten Regal herunter, sie sah aus wie eine ganz normale, rote Keksdose, so eine, in der man Weihnachtskekse aufbewahrt, und ich hoffte nur inständig, dass darin keine alten, vertrockneten Pfefferkuchen waren, die ich aufessen sollte, bevor ich ging. Vorsichtig nahm er den Deckel ab und winkte mich näher. Ich beugte mich vor und schaute hinein. Auf dem Boden der Dose lag ein grauer Klumpen, nicht viel größer als ein Fünfzig-Öre-Stück, abgesehen davon, dass er rund war und nicht flach. Ich hatte keine Ahnung, was es sein konnte. Es konnte alles Mögliche sein. Es konnten die Überreste eines Mittagessens vom vorletzten Jahr sein. Es konnte das Innere einer Miesmuschel sein. Es konnte die Mumie einer Schnecke oder alter Rotz sein. Ich wusste nur, dass ich eigentlich überhaupt keine Lust hatte, zu erfahren, was es war.

»Was ist das?«, fragte ich.

»Rate mal.«

»Ein toter Wellensittich.«

»Versuch's noch mal.«

»Hundescheiße.«

»Sei nicht albern.«

»Dein Blinddarm.«

»Du bist nahe dran.«

»Ich gebe auf.«

Edgar lachte.

»Das ist mein Auge«, sagte Edgar.

Er holte diesen trockenen Klumpen heraus, und man konnte tatsächlich erkennen, dass das einmal ein Auge gewesen war, ein grauer Film, fast wie eine Haut, über einen festen Muskel gezogen, und bevor ich es nicht mehr ansehen konnte, dachte ich, dass vielleicht alles, was dieses Auge gesehen hatte, auch in dieser Keksdose lag.

Pfefferkuchen wären mir lieber gewesen.

Edgar zeigte stolz auf sich selbst.

»Glas«, sagte Edgar.

Ich ging einen Schritt zurück und schaute nun widerstrebend Edgar an. Und jetzt erkannte ich, was mit seinem Gesicht nicht stimmte. Es war das rechte Auge. Es stand still. Es schien, als drehte sich der ganze Edgar um dieses Auge. Dieses Auge war die Sonne, und Edgar war die Erde. Aber die Sonne schien nicht. Sein rechtes Auge war aus Glas und starrte mich auf eine merkwürdige Art und Weise an, eine blinde, farblose Kugel, und mir wurde ganz schwindlig und übel, allein vom Ansehen.

»Mein Gott«, sagte ich.

»Ich habe eine Metallkrampe ins Auge gekriegt«, sagte Edgar.

»Wann denn?«

»Am ersten Schultag.«

Plötzlich kam Edgar näher, und bevor ich mich besinnen konnte, hatte er das ganze Glasauge herausgeholt, es ging so schnell, dass ich es kaum mitbekam, und deshalb konnte ich ihn auch nicht zurückhalten, denn das hätte ich gern getan, er hatte seinen eigenen Trick, ungefähr wie der Fahrkartenschaffner in der Straßenbahn von Frogner, wenn er das Wechselgeld aus seiner Tasche herausdrückt, und jetzt konnte ich direkt in einen schwarzen, dunklen Riss sehen, ja, ich konnte sozusagen die Innenseite seines ganzen Kopfes sehen, und eine Zeitlang hatte ich Angst, dass auch das Gehirn herausquellen und auf meine Schuhe tropfen würde. Mit anderen Worten: Es war kein schöner Anblick, der sich mir da bot.

»Toll«, sagte ich.

Edgar setzte das Auge wieder an Ort und Stelle, genauso schnell, und legte den Deckel auf die Dose.

»Willst du eine Scheibe Brot?«, fragte er.

Als ich an diesem Abend nach Hause ging, wusste ich, dass ich Edgar im nächsten Jahr nicht auf Signalen besuchen würde.

Ich war weder traurig noch froh. Es war einfach etwas vorbei, und das war nicht zu ändern. Du kannst einen Sommerfreund nicht im Herbst haben. So ist es nun einmal.

Aber die Fender Stratocaster wartete noch immer im Fenster von Bruns Musikaliengeschäft, ich blieb fast eine halbe Stunde davor stehen, vor diesem elektrischen Traum aus lackiertem Ahornholz, und sie war weiter entfernt als je zuvor.

Es wurde November.

Und der November ist, wie alle wissen, ein schlechter Monat für Blumen. November ist der Monat, in dem Blumen zurückgeschickt werden und in Vasen mit Brachwasser voller Kippen sterben, sie verdorren in einer Erde, die härter ist als Eisen und trockener als Spalttabletten, in Töpfen, die Risse bekommen und zu Boden fallen. Sogar die Düfte verschwinden von den Blättern im November, und alles, was noch bleibt, sind Tabak, Schatten und Schweiß.

Der November ist ein düsteres Treibhaus.

Finsen Selbst stand in einem Haufen von Stielen und tat nichts.

Frau Finsen Selbst machte das einzige Paket dieser Woche fertig, einen dünnen Strauß mit Nelken.

»Frag Finsen Selbst, wie viele Blumen er bei sich zu Hause hat«, sagte sie plötzlich.

»Hast du viele Blumen bei dir zu Hause?«, fragte ich.

Finsen Selbst starrte mich an, sein Blick war grau wie ein Aschenbecher.

»Nicht einen Stängel«, sagte er.

Frau Finsen Selbst seufzte laut.

»Das sieht da aus wie eine Wüste.«

Jetzt kam Finsen Selbst in Fahrt. Er drehte sich zu mir um, als wäre ich derjenige, der etwas gesagt hatte. Seine Augenbrauen standen dicht beisammen wie in einem Stummfilm. Er war ganz gelb im Gesicht.

»Hat der Bäcker vielleicht seine Wohnung voll mit Brot? Hat der Tischler seine Küche voll mit Brettern? Hat der General seine Stube voll mit Kanonen? Ja?«

»Kann schon sein«, sagte ich.

»Unterbrich mich nicht! Denn ich will dir nur eins sagen. Ich kann Blumen nicht ausstehen. Sie brauchen Zeit. Sie fordern viel. Sie riechen schlecht. Sie sterben. Zufrieden?«

Er musste sich schließlich hinsetzen und eine schlaffe Zigarette hervorholen, aus der an beiden Enden der Tabak rieselte.

Frau Finsen Selbst lachte, während sie das Adressetikett festklebte.

»Genau wie du. Bis auf die Tatsache, dass du noch nicht tot bist.«

Sie legte ihm das fertige Paket in den Schoß.

Finsen Selbst schaute es lange an. Anschließend sah er mich an.

»Da bist du schon mal gewesen«, sagte er.

»Ja?«

»Ja. Und jetzt sollst du wieder dorthin. Mit Nelken.«

Jetzt passiert es, dachte ich. Ich bin entlarvt worden. Halvorsen ist hier gewesen, und jetzt wird Finsen Selbst mich unter abgeschnittenen Stielen und feuchten Zeitungen begraben und mich den Rest des Novembers foltern.

Mein Mund war ganz trocken.

»Nelken«, flüsterte ich.

Finsen Selbst stand auf.

»Ja. Nelken. Kannst du nicht reden? Hast du deine Zunge verschluckt? Bist du vollkommen gaga? Was weißt du über Nelken?«

Ich hätte jetzt alles gestehen können und dann vielleicht eine mildere Strafe bekommen, eine verkürzte Strafe. Warum war es so schwer? Warum war es so schwer, zu sagen, wie es war, wenn die Lüge Schlimmes nur noch schlimmer machte?

»Ich weiß nicht viel über Nelken«, sagte ich.

»Nein, das habe ich mir gedacht. Aber jetzt hör mal zu, Herr zwei Kronen und zehn Öre! Nelken, weißt du, die kannst du ins Knopfloch stecken, wenn du zur Hochzeit sollst, oder auf den Sargdeckel legen bei einer Beerdigung. Nelken, das ist Schmuck und Verderbnis. Nelken, diese Nelken, sind gleichzeitig Putz und Totenlager. Versteht der Blumenbote, was ich meine?«

Mein Rücken war feuchter als eine Zeitung.

»Ich transportiere nur die Blumen«, sagte ich.

Finsen Selbst kam näher, das Paket wie eine weiße Bombe in den Händen.

»Und Blumen, weißt du, auf Blumen kann man sich nicht verlassen. Verstehst du, was ich meine?«

Wahrscheinlich hatte jemand den malträtierten Strauß im Mülleimer im Hinterhof in den Schatten der Tors gate gefunden und ihn bei Finsens Flora abgeliefert. Ich verstand, was er meinte. Meine Zeit war abgelaufen.

»Nein«, sagte ich.

»Du bist aber reichlich begriffsstutzig heute. Ist es der November, der dir so zu schaffen macht?«

»Ich glaube es fast.«

Frau Finsen Selbst kippte alte Erde in einen Eimer, und ihre Hände waren fast schwarz.

»Quäl den Jungen nicht. Komm lieber zur Sache.«

Finsen Selbst holte tief Luft.

»Was ich meine: Ich will verdammt noch mal das Haus nicht voll haben mit Leuten, auf die ich mich nicht verlassen kann. Ist das so schwer zu verstehen?«

Endlich gab er mir das Paket. Ich schaute auf den

Adressenabschnitt. Ich war unsterblich. Das Paket war doch nicht für Halvorsen in der Eckersbergs gate. Es war für jemand anderen, bei dem ich schon mal gewesen war. Ich sagte den Namen laut vor mich hin. *Aurora.* Ich konnte das r sagen. Zum ersten Mal konnte ich das R rollen.

Aurora Stern, Haxthausens gate 17, Oslo 2.

Ich war im November freigesprochen worden.

Es war noch kein Schnee gefallen, der Boden war gefroren, also konnte ich noch mit dem Rad fahren, musste mir aber Schal und Handschuhe anziehen und beide Hände am Lenker behalten. Die Pflastersteine im Frognerveien glänzten wie Glas zwischen den Straßenbahnschienen. Nie war es leichter gewesen, bergauf zu fahren, als an diesem Tag. Ich blieb bis zur Haxthausens gate auf dem Sattel sitzen, und aus der Bäckerei in der engen Kurve duftete es nach frisch gebackenem Brot, es roch nach Rinde und Zucker, das war mir beim letzten Mal gar nicht aufgefallen, jetzt merkte ich es, und bei Nummer 17 hielt ich an, schloss das Vorderrad ab und drückte auf die Klingel ohne Namen. Dieses Mal dauerte es nicht lange, bis es an der Tür summte, und ich drückte sie auf, lief gleich mit dem Paket alle Treppenstufen hinauf und blieb atemlos im zweiten Stock vor Aurora Sterns namenloser Tür stehen. Sie war nur angelehnt. Ich wartete. Nach einer Weile klopfte ich an und wartete wieder. Dann hörte ich ihre Stimme, von irgendwo weit her.

»Komm rein.«

Ich tat, wie mir geheißen. Sie war diejenige, die darum bat, und ich gehorchte. Es war immer noch genauso dunkel im Wohnungsflur. Es roch immer noch nach Apotheke und Parfüm. Ich war mir nicht sicher, ob ich die Tür hinter mir schließen oder sie offen lassen sollte. Ich konnte sie nicht sehen. Ich zog mir die Handschuhe aus.

»Mach bitte die Tür zu, sei so gut. Es zieht.«

Ich drehte mich zum Wohnzimmer. Dort stand Aurora Stern, mit einer flackernden Kerze in den kräftigen Händen. Sie trug ein enges schwarzes Kleid und um den Hals eine glänzende Perlenkette. Das fiel mir auf. Daran kann ich mich immer noch erinnern, an dieses lange schwarze Kleid und die weiße Perlenkette, denn in dem Moment, als ich sie so sah, dachte ich, ohne zu wissen, was das bedeuten konnte: Sie hat sich hübsch gemacht. Ihr Gesicht lag im Schatten. Ich schloss die Tür. Die Flamme beruhigte sich.

»Ist es sehr kalt draußen?«, fragte sie.

»Ziemlich.«

Schnell nahm ich die Mütze ab. Das hatte ich vergessen. Ich schaute zu Boden.

»Entschuldigung.«

Aurora Stern lachte.

»Du kannst sie gern hier drinnen aufbehalten.«

»Ich bringe Blumen.«

Ich reichte ihr den Abschnitt und den Kugelschreiber. Sie blieb stehen, mit der brennenden Kerze in den Händen.

»Pack sie für mich aus.«

»Wie bitte?«

»Du hast gehört, was ich gesagt habe. Pack sie für mich aus.«

Ich steckte Abschnitt und Kugelschreiber in die Jackentasche, löste das Gummiband und nahm den Strauß, sieben Nelken, vorsichtig aus dem Papier. Es war auch dieses Mal keine Karte dabei, kein Gruß von irgendjemandem. Es tropfte von dem feuchten Seidenpapier um die Stängel. Ich wusste nicht, was ich tun sollte. Ich ließ das Papier einfach zu Boden fallen.

Schließlich fragte ich:

»Soll ich sie in eine Vase stellen?«

Sie schaute mich an, über die Flamme hinweg.

»Was magst du lieber? Tulpen oder Nelken?«

»Tulpen.«

Ich bereute meine Worte, sobald ich sie gesagt hatte.

»Aber Nelken sind auch schön«, fügte ich schnell hinzu.

»Kannst du dich entscheiden?«

»Ja.«

»Also, was magst du lieber? Tulpen oder Nelken?«

»Rosen«, antwortete ich.

Wieder lachte Aurora Stern.

»Aus dir wird man nicht recht schlau.«

Ich fragte:

»Und welche Blumen mögen Sie am liebsten?«

Sie sah mich verwundert an. Ich war genauso verwundert.

»Lotus«, sagte sie.

»Lotus?«

»Ich mag alle Blumen, die ich bekomme. Nun komm schon her mit ihnen.«

Ich blieb stehen. Sie hob die Kerze, der Schatten fiel hart auf ihr kurzes Haar, und ich konnte deutlich ihr Gesicht sehen, die Augen, die zu groß erschienen, vielleicht weil sie es gewohnt war, im Dunkeln zu sein, der Mund ein schneller roter Strich, und die weiße Haut oder die Schminke reichte bis zur Perlenkette, dort, wo das Kleid anfing.

»Kommst du?«

»Soll ich mir die Schuhe ausziehen?«

»Das ist nicht nötig.«

Ich ging ins Wohnzimmer und gab ihr die Blumen. Sie warf sie einfach nur auf einen Sessel, als interessierten sie sie nicht länger, als wären sie ihr gleichgültig. Ich hätte nicht sagen sollen, dass ich Rosen lieber mochte. Es stimmte ja nicht einmal. Ein Blumenbote soll so wenig wie möglich sagen und nur das, was im Zusammenhang mit einer korrekten Übergabe unbedingt nötig ist. Die Tulpe, die ich das letzte Mal gebracht hatte, stand immer noch in der Vase, trocken, roter Staub, eine Mumie.

»Sie müssen quittieren«, sagte ich.

Ich hatte Stift und Abschnitt parat.

»Hast du Durst?«

»Durst?«

»Ja. Durst. Hast du Lust, etwas zu trinken?«

Doch bevor ich antworten konnte, und wahrscheinlich hätte ich Nein gesagt, obwohl ich eigentlich Ja sagen wollte, denn ich hatte Durst, stellte sie die Kerze auf einen Kamin und ging hinaus in die Küche, ich nehme jedenfalls an, dass es die Küche war, denn ich hörte Wasser laufen, einen Kühlschrank, der geöffnet wurde, und das dumpfe Brummen des Kühlschrankmotors. Rosen. Rhododendron. Aurora. Ich konnte *r* sagen. Ich konnte zweimal hintereinander *r* sagen. Aurora. Ich sagte *r* zur Tulpe, und sie verschwand direkt vor meinen Augen, in alle Winde zerstreut in diesem windstillen Zimmer, und ich sah nicht, was daraus wurde. Das Licht gleich daneben ging glücklicherweise nicht aus. Ich entdeckte ein Stundenglas, aber es war kein Sand, was da auf dem Boden lag. Als ich genauer hinsah, erkannte ich, dass es Sägespäne waren, eine Sanduhr voller Sägespäne, auf jeden Fall gefällt mir der Gedanke, dass diese Sanduhr mit Sägespänen gefüllt war. Ich war umringt von Dingen zur Dekoration, Gegenstände, Nippes. Ich richtete mich auf, und ein anderes Wort fiel mir daraufhin ein, fremd und schwer lag es auf der Zunge, im Körper, *Museum*, das war das Wort, das mir einfiel, schwer wie Blei, *Museum*.

Aurora Stern kam zurück und gab mir eine Flasche Selters, und die Luftblasen, die in Trauben vom Boden aufstiegen, explodierten ganz oben in meinem Kopf wie nasse Sterne. Ich trank die Flasche in einem Zug aus.

»Willst du dich nicht hinsetzen?«

Sie unterbrach sich selbst und schüttelte den Kopf.

»Nein, du musst sicher weiter. Ich bilde mir wohl ein, ich wäre die Einzige, der du Blumen bringst.«

Sie schrieb ihren Namen auf den Abschnitt, das Datum und die Uhrzeit.

Ich setzte mich.

»Heißen Sie wirklich Aurora Stern?«, fragte ich.

Sie zögerte einen Moment.

»Warum fragst du?«

»Nur so. Entschuldigung.«

»Du brauchst dich nicht für alles zu entschuldigen. Gewöhn dir das mal ab.«

»Entschuldigung.«

Aurora Stern setzte sich auch, in den tiefen Sessel direkt vor mir, ihre Knie berührten fast die meinen, und ich konnte meinen Blick nicht von ihren Händen abwenden, die dort in dem Schoß lagen, wo das schwarze Kleid sich über den Schenkeln spannte.

»Das ist mein Künstlername«, sagte sie.

»Was für eine Art von Kunst?«

Sie beugte sich weiter vor. Von ihr kam dieser Geruch oder besser gesagt Duft, denn er war wie gesagt nicht unangenehm, nach Apotheke und Parfümerie.

»Zirkus ist meine Kunst. Und beim Zirkus haben alle Künstlernamen. Peron. Goliath. Solo. Mundus. Denn wenn du zum Zirkus gehst, dann verlässt du die Person, die du warst, und musst neu getauft werden. Sie haben mich Aurora Stern genannt.«

»Das klingt schön.«

»Weißt du, was Aurora bedeutet?«

Ich schüttelte leicht den Kopf.

Sie legte mir ihre Hände auf die Knie.

»Das ist die Göttin der Morgenröte. Oder ein Schmetterling. Was gefällt dir besser?«

»Beides«, flüsterte ich.

Sie lehnte sich wieder in ihrem Sessel zurück.

»Möchtest du noch mehr Selters?«

»Nein, danke.«

Sie lächelte und sagte für eine Weile nichts mehr.

Ich hätte jetzt natürlich gehen können. Es wäre mein gutes Recht gewesen, aufzustehen und die Haxthausensgate 17 zu verlassen. Ich hatte meine Arbeit getan. Die Blumen lagen auf dem Sessel, ein loser Bund Nelken. Es war nicht meine Sache, was sie mit den Blumen machte, sie konnte damit tun und lassen, was sie wollte, solange sie mit Namen, Datum und Uhrzeit auf dem Abschnitt quittierte.

»Fast wie in unserem Haus«, sagte ich.

Aurora Stern sah mich an.

»Was ist fast wie in eurem Haus?«

»Da haben auch viele Künstlernamen. Tom Curling.

Flaschendreher. Der Pfeifer. Obwohl der Pfeifer aufgehört hat zu pfeifen. Er ist im Drammensveien niedergeschlagen worden. Jetzt benutzt er seinen normalen Namen. Er heißt Arvid Flå. Und Flaschendreher nennen wir doch meistens Gundersen, weil Flaschendreher genauso lang ist, und dann gilt es wohl nicht.«

Ich verstummte, als hätte ich mir für einen Augenblick selber zugehört, und nutzte die Chance, mich selbst zu unterbrechen, verlegen, wie ich war. Es war lange her, dass ich so viel gesagt hatte. Ich bin schriftlich veranlagt, nicht mündlich. Ich bin stumm und wortreich. Ich rede normalerweise nicht so viel am Stück. Vielleicht lag es daran, dass ich an diesem Tag das *r* aussprechen konnte.

Aurora Stern schob die Flasche zur Seite und beugte sich wieder näher zu mir.

»Und du? Wie ist dein Künstlername?«

»Ich habe keinen.«

»Den kriegst du eines Tages noch. Warte nur.«

Warte nur.

Aber das war keine Drohung. Als Aurora Stern diese zwei Worte sagte, warte nur, da war das eher ein Versprechen, und es lag an mir, es einzulösen.

»Was haben Sie beim Zirkus gemacht?«

»Gemacht? Wieso sagst du gemacht?«

Ich schaute weg, noch verlegener.

»Ich meine, machen. Was machen Sie beim Zirkus?«

Sie wurde unruhig oder rastlos, ging zum Fenster, wo die dicken, burgunderfarbenen Vorhänge immer noch vorgezogen waren, und dort blieb sie stehen, still, mit dem Rücken zu mir. Ich wagte es kaum, sie anzusehen.

»Du hast Recht«, sagte sie schließlich.

»Womit?«

»Alles, was ich mache, habe ich bereits gemacht. Aber bei dir ist es umgekehrt. Alles, was du kannst, hast du noch nicht gemacht.«

Ich verstand nicht, was sie meinte, und sagte nichts.

Aurora Stern drehte sich zu mir um.

»Ich war ein Schmetterling.«

»Ein Schmetterling?«

»Ich war die Herrscherin der Lüfte. Niemand konnte höher fliegen als ich. Ich flog in Berlin und Paris. Ich war sogar bei den Ringling Brothers & Barnum in New York ein Schmetterling. Wenn ich das Trapez losließ, berührte ich die Sterne der Kuppel.«

Sie sprach jetzt schnell, nicht im Stakkato, abgehackt, sondern fließend, als hätte sie schließlich doch die Sprache erlernt und wollte ihre eigene Erzählung nicht verpassen.

Dann sagte sie plötzlich nichts mehr.

Ich wollte aufstehen.

Ebenso schnell kam ein:

»Geh nicht.«

Ich blieb sitzen.

Sie zog die schweren Vorhänge noch enger zusammen. Die Geräusche von der Straße unten verschwanden. Die Dunkelheit hier drinnen wurde deutlicher.

Sie stand immer noch mit dem Rücken zu mir.

»Passt du gut auf den Elefanten auf?«

»Ja.«

»Es war ein alter Pole, der auf die Elefanten aufpasste. Er schnitt ihnen einmal im Monat die Nägel mit einer Gartenschere, die der Beleuchter schliff. Jeder Fuß dauerte drei Stunden. Wir hatten vier Elefanten. Und wenn sie krank wurden, bekamen sie eine Flasche Cognac. Weißt du, was Elefanten bedeuten?«

Sie drehte sich zu mir um und faltete die Hände.

»Nein«, antwortete ich.

»Glück. Und weißt du, warum sie Glück bedeuten? Weil Elefanten nie etwas vergessen.«

»Werden sie deshalb glücklich?«

Aurora Stern hob plötzlich ihre großen Hände und blieb hinter ihnen verborgen stehen.

»Nein«, sagte sie.

Und ich fragte, ohne zu wissen, was ich da eigentlich fragte:

»Haben Sie ihn mir deshalb gegeben?«

Sie lachte, ein kurzes helles Lachen.

»Ich hatte kein Geld, das ich dir geben konnte.«

»Sie können ihn zurückhaben«, sagte ich schnell.

»Ich brauche ihn nicht mehr. Er ist jetzt nur ein Requisit.«

»Ein Requisit?«

Sie setzte sich wieder hin, in den gleichen Sessel, direkt vor mir, so nah, dass ich ihren Atem spüren konnte, Apotheke, Parfümerie.

»Alle im Zirkus haben ihre eigenen Requisiten. Der Clown hat ein Medaillon. Der Messerwerfer hat einen Knochen von einem Hasen. Der Löwenbändiger hat eine Goldmünze. Die bringen Glück. Die halten ewig. Die halten länger als die große Vorstellung.«

Ich schaute mich um, denn es war schwer, ihrem Blick standzuhalten, und jetzt sah ich es, das, von dem ich geglaubt hatte, es wäre zur Dekoration, Nippes, Kram, es waren also Requisiten, die sie hier aufbewahrte, die Wohnung war voll mit Requisiten, aber das Glück entdeckte ich nicht.

»Danke«, sagte ich.

»Und fege nie den Staub zum Eingang hin, lege keine Plakate aufs Bett und sitze nie mit dem Rücken zur Manege. Hast du gehört?«

»Was ist denn passiert?«, fragte ich.

Ihre Stimme klang fast verblüfft:

»Passiert? Ist etwas passiert?«

Ich schüttelte den Kopf.

»Entschuldigung.«

»Wie heißt du?«

Ich sagte meinen Namen. Aurora Stern lächelte. Ich weiß nicht, warum sie lächelte. Es war ja nur der Name, den ich heute noch benutze.

Die Kerze auf dem Kamin war fast heruntergebrannt.

Sie beugte sich vor.

»Lass mich deine Hände sehen.«

Ich hob die Hände, und sie drehte sie um, so dass die Handflächen nach oben zeigten, zwei blasse Halbkreise.

Sie sah mich an, immer noch mit dem gleichen Lächeln:

»Du schwitzt ja.«

»Die Blumen waren feucht.«

»Du bist doch nicht nervös?«

»Ich war krank. Ich hatte Fieber.«

»Du kannst dich anscheinend nie entscheiden, was?«

Aurora Stern hielt vorsichtig meine Fingerspitzen fest. Ihre kräftigen Hände waren dennoch leicht. Ich sah die Adern, die über die Handrücken liefen. Ich schloss die Augen, es gefiel mir, was sie tat. Ich stand schnell auf.

»Ich muss gehen«, sagte ich.

Sie ließ los und blieb sitzen. Ich nahm den Kugelschreiber und die Quittung und ging schnell zur Tür. Ich konnte fast nichts sehen in der Dunkelheit. Es war plötzlich dunkel geworden. Ich stieß gegen irgendetwas, ein Regal oder einen Schrank, vielleicht einen Ofen. Etwas fiel zu Boden. Endlich fand ich die Tür und hörte ihre Stimme hinter mir:

»Das nächste Mal erzähle ich dir, was passiert ist.«

Das nächste Mal.

Das war *Warte nur*, auf eine andere Art und Weise gesagt. Das war ein doppeltes Versprechen.

Warte nur bis zum nächsten Mal.

Der Frost kam vom Fjord heran und glitt durch die Straßen wie Schatten aus Silber.

Ich rollte die Niels Juels gate hinunter bis zu Finsens Flora, ohne Handschuhe. Im Laden selbst war niemand. Es war wie gesagt November. Die Glocke über der Tür klingelte nicht mehr. Die Kasse verrostete. Ich blieb mitten im Laden stehen und schaute meine kalten, fast weißen Finger an. Da hörte ich merkwürdige Geräusche, die nicht hierher gehörten. Ich wusste, ich sollte mich sofort umdrehen und meines Weges gehen, so weit weg wie möglich. Dennoch ging ich zum Hinterzimmer und schaute hinein. Das hätte ich nicht tun sollen. Aber da hatte ich es bereits getan. Sie – und ich bin nicht in der Lage, sie in diesem Zusammenhang Frau Finsen Selbst zu nennen – lag über den Tisch gebeugt zwischen abgeschnittenen Stielen und feuchten Zeitungen und hielt sich mit ihren schmutzigen Händen fest. Er – und auch hier bin ich nicht in der Lage, den vollständigen, korrekten Namen zu nennen – stand hinter ihr und keuchte. Ihre Körper waren mager und eckig, fast gelb, sie waren Knochen, die stöhnten und sich wanden. Sie hätten Hunde sein können. Und er, den ich also nicht Finsen Selbst nennen kann, entdeckte mich plötzlich, sein Gesicht war verzerrt und schief. Es war das Schlimmste, was ich je gesehen hatte. Schließlich ging ich. Ich ging rückwärts hinaus. Ich hatte keine Lust, hierher zurückzukommen. Nein, das hatte ich absolut nicht. Niemals wollte ich freiwillig hierher zurückkommen. Das war klar wie sonst was. Ich radelte stattdessen an Bruns Musikaliengeschäft vorbei und reinigte dort meine Augen. Sie waren voll mit Abfall. Die Fender Stratocaster stand im Fenster. Aber eine Saite, die E-Saite, die tiefste, war gerissen. Das beunruhigte mich. Hatte jemand auf der Gitarre gespielt und war unachtsam gewesen? Vertrug sie es nicht, so dort zu stehen, unbenutzt, in Hitze und Kälte? War es das Ahornholz, das sich dehnte und bald den ganzen Griff sprengen würde? Andererseits, vielleicht wurde ja der Preis reduziert, wenn die Gitarre einen Schaden aufwies, und ich könnte dann eine gewisse Anzahl an Tagen von meiner Rechnung abziehen. Aber ich hatte ja gerade als Blumenbote bei Finsens widerlicher Flora aufgehört. Ich war verwirrt, fast ängstlich. Es war, als zerfielen die Dinge um mich herum. Ich war im Debet in der Bygdøy allé. Ich fuhr weiter, um die Ecke zur Gabels gate, wo eine Frau vor zwei Jahren im vierten Stock aus dem Fenster gesprungen und mit dem Kopf zuerst auf dem niedrigen Zaun gelandet war. Es war immer noch eine Delle im Zaun. Ich fand, das hätte mal jemand reparieren sollen. Aber vielleicht wollte es jemand zur Erinnerung so behalten. Als ich nach

Hause kam, saß Gundersen unten im Hof unter den Wäscheleinen zwischen den allerletzten Kleidungsstücken, die in diesem Jahr draußen hingen oder die jemand an den Leinen vergessen hatte. Gundersen war übrigens Erfinder. Aber er hatte nie etwas erfunden. Er selbst behauptete das Gegenteil, nämlich dass andere Erfinder ihm seine Erfindungen gestohlen hatten. Die Wahrheit war wohl eher, dass Gundersen bei allen Erfindungen zu spät kam. Er kam zu spät beim Käsehobel, der Büroklammer und dem Rad. Jetzt saß er ganz still da, die Beine unter den Leib gezogen, und wiegte sich vor und zurück. Ich nahm den Mülleimer und ging hinunter zu ihm. Gundersen sah mich und schloss die Augen.

»Was man alles verstecken soll«, flüsterte er. »Es ist nicht auszuhalten.«

»Was denn?«, fragte ich.

»Was? Die Flaschen. Den Durst. Die Scham. Das Gesicht. Den Mund. Meine Hände. Nicht zuletzt meine Hände. So kann es nicht weitergehen.«

»Nein«, sagte ich, in erster Linie, um etwas zu sagen.

Gundersen hielt beide Hände hoch, sie zitterten wie zwei dünne Spiegel.

»Ich muss mich verstecken, wenn ich besoffen bin. Ich muss mich verstecken, wenn ich einen Kater habe. Und ich muss mich verstecken, wenn ich nüchtern bin.«

»Wenn du nüchtern bist? Warum das?«

»Weil ich dann bald wieder besoffen bin.«

»Ach so«, sagte ich.

Es war unklar, ob Gundersen im Augenblick betrunken war oder nicht. Vielleicht war er etwas dazwischen. Auf jeden Fall schien er nicht besonders gut beisammen zu sein, eher im Gegenteil.

Er seufzte in einem fort.

»Ich bin so erschöpft. So schrecklich erschöpft.«

Die Kleidungsstücke an der Wäscheleine waren fast festgefroren, ein kariertes Hemd, ein blauer Strumpf, ein weißes, glänzendes Laken, das schräg von den Wäscheklammern herunterhing, als wäre die Erde gekippt.

»Warum trinkst du überhaupt so viel?«, fragte ich.

»Damit die Zeit schneller vergeht.«

»Vergeht sie schneller, wenn du trinkst?«

»Und genau das ist es, was ich nicht verstehe, weißt du. Ich habe Angst vor dem Tod und trinke, damit die Zeit schneller vergeht. Kannst du das kapieren?«

»Das ist fast, wie in der Schule abgefragt zu werden«, sagte ich.

Gundersen hob kurz den Kopf, und es schien, als dächte er nach, obwohl das ziemlich schwer zu erkennen war.

»Weißt du, wer Bertolt Brecht ist?«, fragte er.

»Nein.«

»Dann solltest du dich schämen.«

»Weißt du, wer die Beatles sind?«, fragte ich.

»Die Beatles? Ist das nicht diese Bande, die da auf Bygdøy ihr Unwesen treibt?«

Ich lachte.

»Die Beatles haben den schönsten Song der Welt geschrieben. *Do you want to know a secret.*«

»Und Bertolt Brecht hat *Der Radwechsel* geschrieben. Das ist das schrecklichste Gedicht der Welt.«

Nun fing Gundersen an zu weinen, während er laut aus den dunklen Seiten der Erinnerung vorlas. Dieser Tag kannte offenbar keine Grenzen. Ich hätte mich am liebsten aus dem Hinterhof zurückgezogen. Es hat mir noch nie gefallen, weder früher noch später, erwachsene Menschen, und ganz besonders Männer, wie ich zugeben muss, weinen zu sehen. Deshalb zitiere ich lieber dieses Gedicht, auf das Gundersen anspielte, *Der Radwechsel* von Bertolt Brecht, das in seinem Wesen Sigbjørn Obstfelders *Ich sehe* nicht unähnlich ist, und auf diese Art und Weise konnte ich mich auch in dem ungeduldigen Mann am Straßenrand wiedererkennen, ich sah es vor mir, wie er eine Zigarette rauchte, dass er einen grauen Anzug trug und glattes Haar hatte, das nach hinten gekämmt war, und ich sah, wie sich der Staub der Autos, die auf der Autobahn vorbeifuhren, auf seine schwarzen Schuhe legte.

Ich sitze am Straßenrand.
Der Fahrer wechselt das Rad.
Ich bin nicht gern, wo ich herkomme.
Ich bin nicht gern, wo ich hinfahre.
Warum sehe ich den Radwechsel
Mit Ungeduld?

Gundersen wischte sich die Augen mit einem überdimensionalen Taschentuch ab und schaute mich an.

»Ist das nicht schrecklich?«, fragte er.

»Mir gefallen die Beatles jedenfalls besser«, sagte ich.

»Aber weißt du, wovon das eigentlich handelt? Ich will es dir sagen. Dass du niemals einem Besoffenen glauben sollst.«

»Wenn du meinst«, sagte ich nur.

Gundersen schüttelte lange und umständlich den Kopf und versuchte aufzustehen. Aber das ging vorläufig noch nicht.

»Aber jetzt werden andere Saiten aufgezogen!«, rief er.

»Wirklich?«

»Ich werde mich Gott und jedermann zeigen! Ich habe nichts mehr zu verbergen, du bist mein Zeuge, Junge!«

»Wenn du nichts mehr zu verbergen hast, warum sitzt du dann nicht draußen auf dem Bürgersteig?«

Gundersen schaute wieder zu Boden.

»Ich sitze hier erst einmal ein bisschen zum Trocknen«, sagte er. »Der Geruch von frischgewaschener Wäsche macht mich so rein.«

Ich hätte in diesem Zusammenhang gern etwas gesagt, beispielsweise, dass Gundersen aller Wahrscheinlichkeit nach damit rechnen müsste, dort bei den festgefrorenen Kleidern an der Wäscheleine bis zum März nächsten Jahres zu sitzen. Doch in dem Moment wurde ich von einem heftigen Lärm auf der Küchentreppe unterbrochen. Es war Skip Tom Curling, der auftauchte. Er trug seinen glänzenden, früher einmal tadellosen, doppelreihigen Blazer, Tennisschuhe und eine Fliege, die einem toten Schnurrbart ähnelte, der auf den verschossenen Hemdenkragen heruntergerutscht war und sich dort festgeklemmt hatte. Tom Curling sah mit anderen Worten genauso aus, wie wir ihn kannten. Was uns jedoch stutzen ließ, war die Tatsache, dass er zwei polierte Steine mit sich schleppte und unter den Arm einen ausgefransten Besen geklemmt hatte, und wenn man bedachte, dass jeder der Steine mindestens achtzehn Kilo wog und Tom Curling schon die Neunzig erreicht hatte, so kann man verstehen, war für ein Spektakel das war.

Er legte die Steine hin, zündete sich eine Zigarette an und zeigte mit dem Besen auf uns.

»Was wisst ihr eigentlich übers Curling?«

Gundersen machte sich klein unter dem steifen Laken.

Ich trat einen Schritt vor, und mir war klar, dass ich kein Blatt vor den Mund nehmen durfte.

»Nicht so viel«, sagte ich.

»Nicht so viel? Und wie viel ist das?«

»Nichts.«

Tom Curling fegte ein wenig mit dem Curlingbesen vor seinen Füßen und kam näher.

»Ein Stein muss in Bewegung sein, bevor er geworfen werden kann. Und wann ist ein Stein in Bewegung? Das will ich dir sagen. Jeder Stein, der sich rührt, ist ein Stein in Bewegung. Rühren diese Steine sich?«

»Nein«, sagte ich.

»Und wenn ein Stein beim Spiel kaputtgeht, dann wird der Ersatzstein dorthin gelegt, wo das größte Stück des kaputten Steins lag. Ist einer dieser Steine kaputtgegangen?«

»Nein«, sagte ich.

»Das Ganze ist sorgfältig und von der ersten Stunde an geplant worden. Verstehst du?«

»Ja«, sagte ich.

»Und wenn ein Stein umkippt, dann muss er sofort aus dem Spiel genommen werden. Ist einer dieser Steine umgekippt?«

Ich sah Tom Curling an. Ich sah den abgenutzten Besen an. Ich sah die polierten Steine an.

»Nein, Skip«, sagte ich.

Er lächelte, aber nicht lange.

»Auf diese Steine ist mein Name mit Goldbuchstaben geschrieben worden. Und diese Steine sollen auf meinem Grab liegen.«

Jetzt bekam Gundersen noch mehr Angst.

»Was redest du da?«, flüsterte er.

»Die Steine sind im Haus«, sagte Tom Curling. »Die Steine sind endlich im Haus.«

Und damit schleppte er sie zum Mülleimer und schaffte es mit Mühe und Not, sie hineinzuwerfen. Schließlich nahm der Besen den gleichen Weg, er legte den Deckel drauf und setzte sich neben Gundersen.

Eine Zeitlang sagte niemand etwas, ich auch nicht.

Tom Curling schaute auf die Uhr.

»Er muss bald hier sein.«

Gundersen nickte.

»Ja. Er muss bald hier sein.«

Die Kälte zog durch den Hinterhof in der August aveny und ließ die Wäsche an der Leine knacken, das Laken brach in der Mitte durch. Das meiste fror. Wir zitterten.

Hier konnten wir festfrieren.

Gundersen schaute Tom Curling an.

»Sollen wir es dem Pfeifer sagen?«

»Du meinst Arvid Flå?«

»Ja. Arvid Flå. Früher bekannt als der Pfeifer.«

Tom Curling, der eigentlich Thomas Bergersen jr. hieß, zuckte mit den Schultern.

»Er weiß, wo wir sind.«

Gundersen war seiner Meinung.

Der Müllmann kam pünktlich um vier Uhr. Das tat er immer. Denn der Müllmann, mit Lederschürze, Handschuhen und den schweren Schuhen, war immer pünktlich. Wenn der Müllmann kam, konnte niemand auf die Uhr schimpfen. Er kam mit dem leeren Eimer auf der Schulter, stellte ihn ab und hob den vollen Eimer hoch, um ihn zum Wagen zu tragen. An der Ecke drehte er sich um und lachte. Ich weiß nicht, worüber er lachte. Vielleicht lachte er, weil der Eimer schwerer war als sonst, und es ihm gefiel zu zeigen, wie stark er war.

Gundersen und Tom Curling standen auf und folgten ihm. Ich sah sie nie wieder. Neue Leute zogen ins Haus. Zum Schluss starben auch wir, und andere ließen sich in unseren Räumen nieder. Es wurde nie wieder so wie früher.

Aurora Stern sagte: »Wo du dein Zelt aufschlägst, da ist der Mittelpunkt der Welt.«

Ich erlaube mir, mich hier für einen Moment selbst zu unterbrechen, um von einem Brief zu erzählen, den ich vor nicht allzu langer Zeit bekommen habe. Der Brief irritierte mich. Selten hat der Inhalt eines Briefes mich dermaßen irritiert. Vielleicht war ich besonders auf der Hut oder besonders erwartungsvoll, das heißt verletzlich, als ich den Brief im Briefkasten fand, irgendwo zwischen Rechnungen und Reklame, und dadurch umso mehr der Botschaft des Briefes preisgegeben, ganz einfach, weil der Brief ein Genre ist, das langsam zu Grunde geht, oder, buchstäblich gesprochen, dessen Frist abgelaufen ist; vor wenigen Jahren, sagen wir, einem Jahrzehnt, quoll mein Briefkasten von Briefen über, von Jungen und Alten, von Herren und Damen, von Nord wie von Süd, sogar aus dem Ausland bekam ich Briefe, und ich schaffte mir bei dieser Gelegenheit einen speziellen Brieföffner an, ein schönes Papiermesser, das mit einem schnellen Kaiserschnitt alle diese schwangeren Umschläge erlösen konnte. Aber jetzt ist, wie schon gesagt, die Zeit des Briefes bald vorbei, die Geduld und Präzision des Briefes gehören leider in eine andere Epoche. Du musst dir Papier und Umschlag besorgen, du musst Namen und Adresse wissen, wohin der Brief geschickt werden soll, du musst die Umschlaglasche anlecken und ordentlich festkleben, dann musst du Briefmarken kaufen, am besten auf dem Postamt, wo sie außerdem den Brief wiegen können, damit der Empfänger kein Strafporto riskiert, was den Absender in ein äußerst schlechtes Licht stellen würde, und zum Schluss musst du, wenn es das nicht bereits im Postamt selbst gibt, einen Briefkasten finden, was auch nicht immer so leicht ist, und wenn du den gefunden hast, dann musst du sicher sein, dass du den Brief auch in den richtigen Schlitz wirfst, den roten oder den gelben, je nachdem, wohin der Brief geschickt werden soll. Mit anderen Worten, diejenigen, die Briefe schreiben, haben Zeit, es zu bereuen, sie haben Zeit, sich anders zu entscheiden, der Brief ist nicht das Genre der spontanen Gemütsäußerungen, im Brief steht etwas über die tiefe Liebe oder den unversöhnlichen Hass geschrieben, denn die Brieffabrik produziert nur langsam. Und geschieht nicht etwas Ähnliches mit dem Rhythmus der Fotografie – oder ist es bereits geschehen? Doch, in der digitalen Kamera kann man gleich das Foto sehen, das man gerade gemacht hat, sozusagen im gleichen Moment kannst du es sehen, und auf diese Art und Weise gibt es keinen Zeitunterschied mehr zwischen Bild und Augenblick, beides überdeckt sich, wie ein Fächer, der geschlossen wird, und du musst nicht mehr Wochen, manchmal sogar Monate darauf warten, bis der Film entwickelt und die Negative auf Papier kopiert sind, so dass das Motiv in der Zwischenzeit die Möglichkeit hat, zu einer Erinnerung zu werden, vielleicht zu einer vagen, undeutlichen Erinnerung, an der Grenze zum Vergessen, die wieder zum Leben erweckt wird, wenn die Bilder endlich fertig sind. Es gibt keine Zwischenzeit mehr. Es gibt nur Verspätungen. Es ist genauso, wie Bertolt Brecht es in *Der Radwechsel* geschrieben hat, dem Lieblingsgedicht des seligen Gundersen. Und eine Verspätung birgt nie die Möglichkeiten einer Zwischenzeit in sich. Das Licht in den Dunkelkammern ist erloschen. Die Fabrik des Briefes ist stillgelegt. Ich jedoch bekam vor kurzer Zeit einen Brief. Ich nahm ihn mit hinein, setzte mich an den Wohnzimmertisch und schaute den Umschlag an, er war braun und in einem Format, das mich an öffentliche Schreiben erinnerte wie Steuerbescheide, Einberufungen, Registrierungen, kurz gesagt, Unannehmlichkeiten. Aber mein Name und meine Adresse waren mit der Hand geschrieben, in einer leicht altmodischen Schönschrift, wie ich feststellen konnte. Ich wusste nicht mehr, wo ich das Papiermesser hingelegt hatte, vielleicht hatte ich es auch weggeworfen oder es verschenkt, also öffnete ich den Umschlag, indem ich einen Zeigefinger unter den Kleber schob und mit einer schnellen Bewegung das Papier aufriss, und heraus zog ich einen linierten Briefbogen, voll mit der gleichen Schrift wie der Umschlag. Ich begann unten. Ich kannte die Person nicht, von der dort ein Gruß geschrieben worden war. Es war ein Frauenname, aber ich war nicht in der Lage, diesen ganz normalen norwegischen Namen mit irgendetwas zu verbinden. Es war wohl nur so eine, die fragen wollte, ob das, was ich schreibe, auch stimmt, also erlebt worden ist, mit anderen Worten autobiographisch ist. Deshalb begann ich zu lesen, ohne besondere Begeisterung oder Hoffnung, ganz oben, wo *Lieber* stand, gefolgt von meinem Vornamen und einem soliden Ausrufezeichen. Sie war also bereits per Du mit mir. Aber ich wollte sie nicht mit ihrem Vornamen ansprechen. Die Grenze der Intimität, was Sprache, Anrede und anderen Körperkontakt betrifft, ist annulliert. Wir leben in der großen Schengener Zeit. Wir brauchen keinen Pass mehr. Wir können uns frei gegenüber jedem Menschen bewegen. So ist es nun einmal gekommen. Aber als ich weiterlas, wurde ich, wie schon gesagt, irritiert. Vielleicht sollte ich ein anderes Wort benutzen, genervt beispielsweise, denn der Brief machte mich nicht wütend, er machte nur Eindruck auf mich. Er ging mir buchstäblich nahe. Ich möchte hier niemanden ermüden, indem ich wortwörtlich wiedergebe, was in dem Brief stand, ich will mich mit Folgendem begnügen: Diese Frau hatte mich vor kurzem auf einer Auktion gesehen, und das hatte sie dazu veranlasst, mir diesen Brief zu schreiben. Ich hatte nämlich Erinnerungen in ihr geweckt, ich erinnerte sie an mich, nicht an denjenigen, der dort saß, ganz hinten im Saal, die meiste Zeit ganz ruhig, denn keines der Gemälde oder der Gegenstände interessierte mich wirklich, sondern an denjenigen, der ich früher einmal gewesen war, als wir in dieselbe Schule gegangen waren, wie sie behauptete, eines Herbstes vor fast vierzig Jahren. Sie schrieb, dass ich ihr in den Pausen aufgefallen sei. Sie schrieb etwas über meine Augen. Sie schrieb, dass sie sich an den langen braunen Schal mit den blauen Streifen erinnerte, der fast meinen Mund und mein halbes Gesicht verdeckte. Sie schrieb, dass ich immer mit dem Rücken zu allen stand, am Zaun hinter dem Trinkbrunnen. Sie schrieb, dass ich so verloren aussah, wie ich da stand. Das war das Wort, das sie benutzte. Verloren. Sie schrieb, dass ich mit dem Rücken zu allen stand. Warum war es ihr so wichtig, darüber zu schreiben, fast vierzig Jahre später? Glaubte diese

Frau, dass sie dafür eine Erinnerungsmedaille in Silber bekäme? Warum hatte sie stattdessen nicht einfach zu mir gehen können, damals, vor vierzig Jahren? Aber ich erinnerte das Gegenteil, es waren die anderen, die mir den Rücken zukehrten. Ich war es nicht, der mit dem Rücken zu ihnen stand. Wer konnte sich so irren? Und dann fragte sie zum Schluss: Ob ich damals bereits dagestanden und über all das nachgedacht hätte, was ich schreiben wollte? Doch, dieser Brief macht mich doch wütend, und wie, aber auf eine langsame Art und Weise, bei der die Wut in eine gewisse Form der Melancholie übergeht, die nicht von Resignation und Süße geprägt ist, sondern von Entschlossenheit. Ich zerknüllte den Brief entschlossen, ging hinaus und warf ihn in den Müll. Ich drückte ihn so tief hinein, wie ich nur konnte, unter Kartons, Essensreste und Kippen, und dort konnte er liegen bleiben, in so einem Moment dachte ich nicht an Mülltrennung. Mitten in der Nacht wachte ich jedoch auf und sagte zu mir selbst: Der Brief ist ein Bluff. Es hätte sonst jemand sein können. Standen denn damals nicht die meisten mit dem Rücken zu den anderen da? Und wenn ich tatsächlich allen den Rücken zugedreht haben sollte, wie wollte sie dann meine Augen auf diese ganz spezielle Art, wie sie es tat, erwähnen? Ich ließ mich von ihr nicht hereinlegen. Und hatten nicht auch die meisten damals einen langen Schal gehabt, den sie sich auf scheinbar lässige Art und Weise um den Hals warfen, mit der Absicht, so anders auszusehen, dass sich zum Schluss doch alle wieder ähnelten? Der Schal! Schrieb sie nicht, er wäre braun gewesen mit blauen Streifen? Ich musste wieder hinaus zum Mülleimer, und dort in der Kälte, nur im Pyjama, in der Kälte einer Februarnacht, im dünnen Licht von Mond und Straßenlaternen, grub ich den Brief aus, den ich weggeworfen hatte, und nahm ihn mit mir in die Küche, um ihn noch einmal zu lesen. Sie schrieb, sie erinnere sich an den langen braunen Schal mit blauen Streifen. Das konnte nicht stimmen. Ich hatte sie entlarvt. Der Schal war nämlich blau mit schwarzen Streifen gewesen. Ich hätte niemals einen Schal umgebunden, der braun mit blauen Streifen war. Ich lachte leise. Aber bald wurde ich unsicher. Wie hatte dieser Schal nun tatsächlich ausgesehen? Welche Farben hatte er gehabt? Es war immer noch dunkel draußen. Es schien, als wollte der Morgen gar nicht kommen, als hielte die Nacht uns immer weiter im Bann, sogar der Mond war herabgeglitten. So sind die Februarnächte. Ich hielt es nicht länger aus und rief meine Mutter an, trotz allem hatte sie schließlich diesen Schal damals gestrickt. Es dauerte eine Weile, bevor sie ans Telefon ging.

»Ich bin's«, sagte ich.

»Ist was nicht in Ordnung?«

»Doch, doch. Ich wollte dich nur etwas fragen.«

Mutter seufzte.

»Du sollst nicht so spät anrufen.«

»Tut mir leid.«

»Du weckst Vater.«

»Schläft er?«

»Natürlich schläft er. Bist du im Ausland?«

»Ich bin zu Hause.«

»Es hört sich aber an wie aus dem Ausland.«

»Nächste Woche soll ich ins Ausland, Mutter. Zuerst nach Moskau. Danach direkt nach Paris. Zu einer Buchmesse. Ich soll einen Vortrag halten. Das ist eine große Ehre, dorthin eingeladen zu werden.«

Mutters Stimme war leise, sie wollte sicher Vater nicht wecken, den ich ja bereits geweckt hatte.

»Was ist los mit dir?«, fragte sie.

»Erinnerst du dich an den Schal, den ich einmal von dir zu Weihnachten bekommen habe?«

Sie brauchte nicht viel Bedenkzeit. Das musste an all den Kreuzworträtseln liegen, die sie löste.

»1965«, sagte sie.

»Ja. Irgendwann zu der Zeit.«

»Nicht irgendwann. Es *war* 1965. Und du hast dich nicht besonders darüber gefreut, daran kann ich mich noch erinnern.«

Jetzt war ich derjenige, der seufzte.

»Dann erinnerst du dich sicher auch noch daran, welche Farbe der Schal hatte.«

»Der hatte mehrere Farben.«

»Er war blau mit schwarzen Streifen, nicht wahr?«

»Er war braun mit blauen Streifen«, widersprach Mutter.

Ich musste durchs Zimmer gehen, von Fenster zu Fenster. Draußen setzte die Morgendämmerung ein.

»Wie kannst du dir dessen so sicher sein?«, fragte ich.

»Weil ich ihn gestrickt habe.«

»Aber es ist lange her. Es ist vierzig Jahre her.«

Mutter lachte kurz auf.

»Bei Gott, es hat fast genauso lange gedauert, ihn zu stricken«, sagte sie.

Ich setzte mich an den Tisch, auf dem der Brief lag.

»Tut mir leid, dass ich dich geweckt habe«, sagte ich.

»Na, jetzt sind wir sowieso wach«, sagte Mutter.

Ich blieb so sitzen, ohne die Verbindung zu unterbrechen. Ich glaube, ich hörte Vaters Stimme im Hintergrund.

»Ich rufe euch an, wenn ich in Paris bin«, sagte ich.

»Aber nicht mitten in der Nacht, ich bitte dich.«

»Ich verspreche es.«

Mutter zögerte, ich hörte nur ihren Atem, etwas schwerer als sonst, bevor sie etwas sagte, was sie normalerweise nie sagte, und sie sagte es in einer verbissenen, fast rechthaberischen Weise, wie eine Art Warnung:

»Sei vorsichtig.«

Ich legte das Telefon hin und zerriss den Brief.

Es gibt immer jemanden, der dich sieht, ein Blick, der nicht weicht, jemanden, der sieht, wie du dein Gesicht im Regen an den Gitterzaun am Schulhof lehnst, der sieht, wie du dich umdrehst, weggehst, und der dich sieht, wenn du fällst.

Aurora Stern sagte es auch: »Sitz niemals mit dem Rücken zur Manege.«

Vergiss das nicht.

Doch vor dem Erinnern muss man lernen zu vergessen. Das ist die Kunst. Die Kunst zu erinnern, ist zu lernen, was man vergessen muss.

Ich erinnere Folgendes:

Ein Elefant stand vor mir. Er war schwarz und glatt. Die Stoßzähne waren weiß. Es war der Elefant, den ich als Trinkgeld von Aurora Stern bekommen hatte. Er warf einen scharfen Schatten im Licht der Leselampe. Und ich dachte, dass Blumen keine Requisiten sind. Blumen sind keine Dinge. Blumen sind vorübergehend. Blumen verwelken. Sie sind nicht fassbar. Einen Moment lang sind sie schön, wenn es dir möglich ist, sie zu sehen. Und wenn es dir nicht möglich ist, sie zu sehen, dann sind sie trotzdem genauso schön. Du weißt es nur nicht. Das dachte ich. Und ich denke es auch jetzt in diesem Moment. Es ist ein doppelter Gedanke. Ich denke an das, was ich dachte, als ich vorsichtig den Elefanten hochnahm. Blumen sind keine Requisiten. Blumen sind keine Dinge. Blumen verschwinden mit uns. Aber Requisiten sind ewig. Requisiten sind das Gegenteil von Schmuck. Dann rief Mutter nach mir. Ich blieb sitzen. Dann rief Vater nach mir. Sie saßen im Wohnzimmer und schauten sich die Farbfotos von den Sommerferien an. Konnten sie mich nicht einfach in Ruhe lassen? Konnten sie es nicht akzeptieren, dass ich meine eigenen Bilder hatte? War das so schwer? War das zu viel verlangt? War es zu viel verlangt, dass ich in aller Ruhe meine eigenen Bilder ansehen wollte, die Bilder, die langsam, aber sicher in mir entwickelt wurden und über die ich nicht sprach, denn ich wusste noch nicht, wem sie ähnlich waren? War das zu viel verlangt? Dann riefen sie mich beide. Ich legte den Elefanten zurück in die Bankschachtel für Trinkgelder und andere unvorhersehbare Einkünfte, in der bis jetzt exakt neunzehn Kronen lagen, und ging, höflich, wie ich war, hinaus zu ihnen.

Die Fotos vom Sommer lagen auf dem Tisch verstreut.

Das Wohnzimmer war ein verspäteter Kalender.

Ich blieb auf der Türschwelle stehen. Ich war weit genug gegangen. Weiter wollte ich nicht gehen. Das konnte niemand, auch meine Eltern nicht, von mir verlangen.

Mutter war diejenige, die die Bilder entwickelte, und Vater war derjenige, der mit ihnen prahlte.

Er hielt eines in die Höhe.

»Guck mal. Da stehen Edgar und du auf dem Sprungbrett.«

»Ja, und?«, sagte ich.

Mutter sah mich rasch an.

»Übrigens, war es nett bei Edgar?«, fragte sie.

Es dauerte so lange, bis ich antwortete, dass Mutter bereits wusste, welche Antwort kommen würde, also machte es eigentlich gar keinen Sinn mehr, überhaupt zu antworten.

»Edgar hat ein Glasauge«, sagte ich.

Mutter stutzte.

»Ein Glasauge?«

»Ja. Sein rechtes Auge. Er kann es rausnehmen und unter dem Wasserhahn waschen.«

Mutter schaute das Foto von Edgar und mir noch einmal an, während Vater im Stapel weiterblätterte und ein neues Motiv fand, mit dem er mich quälen konnte.

»Und sieh mal hier. Das hast du von uns im Garten gemacht.«

Ich konnte das Bild auch von hier, von der Türschwelle aus, erkennen. Mutter und Vater standen unter dem Apfelbaum im Garten auf Nesodden. Ich erinnere mich, dass meine Hände zitterten, als ich die Kamera hielt. Ich stand in der Strömung vom Fjord. Ich stehe immer noch in diesem Sog, in einer Strömung aus Treibholz, Strandgut und Quallen. Mutter hatte sonnenverbrannte Schultern. Ich hatte sie nie zuvor in solchen Farben gesehen. Vaters halbes Gesicht war bleich, aufgrund der Schirmmütze, die er trug. Seine Armbanduhr zeigte zwölf Minuten nach fünf, am Dienstag, dem 12. Juli. Und diese exakte Uhrzeit, die aus der Zeit geschnappt und hier gelagert war, erinnerte mich plötzlich an den Müllmann, der alles abholte, was übrig war, und das wiederum ließ mich so schwindlig werden, dass ich mich an den Türrahmen stützen musste, um nicht noch tiefer zu fallen.

»Was ist los mit dir?«, fragte Vater.

»Mit mir? Ist was los mit mir?«

»Du bist nur so anders.«

Ich wurde wütend. Ich wurde verwirrt und wütend, wenn Vater so redete.

»Anders? Wieso anders?«

»Nun ja, du bist einfach in letzter Zeit etwas rätselhaft, wie ich finde.«

Ich ballte die Fäuste und schrie fast.

»Rätselhaft?«

Jetzt schaute Mutter auch auf, verwundert, lächelnd.

»Was hast du gesagt?«, fragte sie.

»Was ich gesagt habe? Seid ihr jetzt ganz bescheuert geworden, oder was?«

Vater legte die Bilder hin und starrte mich an.

»Sag es noch mal«, sagte er.

»Was?«

»Rätselhaft.«

Ich musste dem Ganzen ein Ende bereiten. Es war nicht länger auszuhalten.

»Rätselhaft«, sagte ich.

Mutter und Vater klatschten in die Hände, und beide standen auf und streckten mir die Arme entgegen, als hätte ich mich auf der anderen Seite der Erde verirrt und wäre endlich gefunden worden.

»Du kannst ja ein R sagen!«, rief Mutter.

Vater legte mir die Hand auf die Schulter.

»Bitte, sag es noch einmal«, sagte er.

»Rätselhaft«, sagte ich.

Vater strahlte über das ganze Gesicht.

»Verdammt, du kannst das R sagen, dass es in den Ohren juckt!«

Es hätte nicht viel gefehlt, und Vater hätte mich umarmt, und plötzlich wurde mir klar, dass ihm mein Sprachfehler peinlich gewesen war, dass er meinte, es wäre eine Schande, einen Sohn zu haben, der nicht ordentlich reden konnte, und das war auch sicher der Grund, warum er immer so abweisend gewesen war, wenn ich ihn mal in der Bank besuchte, wo er mich beiseite zog, dorthin, wo niemand meine missratenden, lächerlichen Rs hören konnte, er schämte sich ganz einfach an meiner statt. Und um uns aus dieser peinlichen und leicht verletzlichen Situation zu retten, bevor Vater noch anfing, mich zu umarmen, weil ich das R aussprechen konnte, muss ich ein weiteres Mal bei Jim Morrison Zuflucht suchen, dem Sänger und Dichter der Doors, auch wenn das außerhalb des Zeitrahmens dieser Erzählung liegt, die im Herbst 1965 spielt, als noch niemand von dieser grenzensprengenden, unmöglichen amerikanischen Gruppe gehört hatte. Aber alle Erzählungen haben ein Leck. Keine Erzählung ist wasserdicht. Die Erzählung ist ein Sieb, durch das die Sekunden rinnen. Und zunächst muss ich in der Zeit zurückgehen, genauer gesagt acht Jahre, bis zu dem Tag, als ich in der Schule begann. Ich hatte einen neuen Schulranzen, eine neue Hose, eine neue Wildlederjacke, einen neuen Haarschnitt, neue Schuhe, ich war neu vom Scheitel bis zur Sohle, genau wie die anderen Schüler auch, wir hatten ein eigenes Licht in uns, wir leuchteten um die Wette auf dem Schulhof. Ich hielt Mutter an der Hand. Alle hatten eine Mutter, deren Hand sie halten konnten. Schließlich war ich an der Reihe, die Klassenlehrerin zu begrüßen, das liebenswerte Fräulein Kristensen aus Svolvær. Ich verneigte mich so tief, dass die Stirn den Asphalt berührte. Da wurde ich von einem heftigen Blitzeinschlag geblendet. Aber es fing nicht an zu regnen, und es donnerte auch nicht. Es war ein Blitzlicht. Ein Fotograf hatte ein Foto von mir gemacht. Und bis zum Herbst 1967 dachte ich nicht weiter darüber nach, also zwei Jahre, nachdem diese Erzählung tatsächlich stattfand, wenn ich es so sagen darf, ich war kein Blumenbote mehr und ich hatte endlich auf dem Gymnasium angefangen, im französischen Zweig, weil ich glaubte, dass meine Aussprache perfekt sein würde, wenn ich nur meine alten, unvollständigen Rs benutzte, meinen speziellen Sprachfehler, den ich gegebenenfalls immer noch beherrschte, doch damals nicht, ich bekam nie eine bessere Note als eine Drei plus mündlich in Französisch, vielleicht weil ich der einzige Junge in einer Klasse voller sprachmächtiger Mädchen war, und an diesem Tag, im Herbst 1967, von dem ich gleichzeitig gern und doch widerstrebend erzählen möchte, war ich auf dem Weg den Glitnebakken hinauf, auf dem an der Uhr oben an der Ecke das alte Schild der Versicherung leuchtet, *Die Zeit vergeht, die Gegenseitige besteht,* ich trug Dufflecoat, Pudelmütze und den langen Schal, den Mutter mir gestrickt hatte, und außerdem, nicht zu vergessen, trug ich die neue LP der Doors unter dem Arm, *Strange Days,* die ich mir von dem Geld gekauft hatte, das ich bekam, als ich den Elefant verkaufte, den Aurora Stern mir gegeben hatte, ich verkaufte ihn beim Gebrauchtwarenhändler in der Skippergata ganz unten in der Stadt, und ich muss zugeben, dass ich es nicht leichten Herzens tat, den Elefanten verkaufen, den Aurora Stern mir einmal als Trinkgeld geschenkt hatte, nein, es geschah schweren Herzens, mit schwerem Herzen und offenen Augen, und ich spüre heute noch einen Stich von schlechtem Gewissen, das in mir nagt, auch wenn er nur sechzig Kronen wert war und aus einfachem Stein und nicht aus Elfenbein, und ich habe seitdem sehr viel Kraft darauf verwandt, ihn wieder aufzuspüren, aber natürlich vergeblich, aber damals musste ich mich entscheiden, der Elefant oder die Doors, die Doors oder der Elefant, ich entschied mich für die Doors, und ich bin mir sicher, dass Aurora Stern mich verstanden hätte, eine LP war sicher auch eine Art Requisit, ein musikalisches Requisit, und jetzt war ich also auf dem Heimweg, um diese Platte, *Strange Days,* so schnell wie möglich abzuspielen, ich konnte es kaum erwarten, es war wie gesagt der Herbst 1967, und als ich auf den Solli plass kam, da sah ich es, das Foto, das am ersten Schultag gemacht worden war, vor zehn Jahren, mindestens hundertfünfundvierzig Mal vergrößert und in Glas und Rahmen draußen vor der Bank am Solli plass, da, wo Vater arbeitete, und unter dem Logo der Bank stand die hoffnungslose Zeile: *Sicher in die Zukunft investieren.* Ich war also die Zukunft. Die Zeit hatte in mich investiert. Ich war eine Spardose, in die die Zeit ihre Minuten und Monate geworfen hatte. Aber ich fühlte mich nicht wie die Zukunft. Ich fühlte mich auch nicht wie die Vergangenheit. Ich fühlte mich einzig und allein wie vergeudete Zeit. Ich war vergeudete Zeit. Und ich hing nicht nur dort, am Solli plass. Ich hing an jeder Bank in der ganzen Stadt. Wie ich mich auch drehte und wendete, ich konnte es nicht vermeiden, dieses abstoßende Bild zu sehen, auf dem ich mich, als der Höflichste von allen, so tief verbeugte, dass meine Stirn fast den rauen Asphalt auf dem Schulhof streifte. Unnötig zu betonen, wie peinlich das war, ja, dass es fast unerträglich war, in dieser Form überall zum Hohn und Spott auszuhängen, es war, als bewegte man sich in einer Geisterbahn, in der ich das Ungeheuer war, etwas, das mich daheim bleiben und die Schule mit den kichernden Mädchen in dem französischen Zweig schwänzen ließ, bis die Fotos endlich abgehängt wurden, entfernt, und durch neue, grellere Plakate ersetzt wurden, und ich war ein für alle Mal Vergangenheit, und das konnte mir nur recht sein. Vater beteuerte, dass er damit absolut nichts zu tun hatte, eher im Gegenteil, wenn er damit etwas zu tun gehabt hätte, dann hätte er höchstwahrscheinlich seinen Einspruch eingelegt, denn er konnte doch seinen eigenen Sohn nicht bevorzugen, als wenn es eine Auszeichnung gewesen wäre, lächerlich gemacht zu werden, nein, dann hätte er mich lieber benachteiligt, so sagte er es, benachteiligt, und ich wünschte nur, jemand hätte mich benachteiligen können. Wir hatten eine gespannte Beziehung zueinander, Vater und ich, während dieser unglückseligen Periode. Aber es gab etwas anderes, das mich noch mehr quälte, nämlich, dass ich den Jungen auf dem Foto nicht wiedererkannte. Ich wusste, dass ich es war, ich war es, am ersten Schultag, doch ich erkannte mich nicht wieder. Ich erkannte Mutter. Ich erkannte das freundliche Fräulein Kristensen. Aber mich selbst erkannte ich nicht. Ich hätte sonst wer sein können. Ich war ein Fremder. Und dann fand ich Trost, oder soll ich lieber sagen, eine Art Versöhnung, bei Jim Morrison, als er sang, *strange days have found us, and through their strange hours we linger alone, bodies confused, memories misused, as we run from the day to a strange night of stone,* mit anderen Worten: ich war nicht allein, Morrison sang für mich, er hatte diesem sprachlosen Fall in mir Worte gegeben, und *Strange days* erinnerte mich außerdem an Obstfelders Gedicht *Ich sehe*, ich war auch auf dem falschen Stern gelandet, wir waren viele, die auf dem falschen Stern gelandet waren, jeder für sich. Ich war zwischen den Zeilen von Obstfelder und Morrison gefangen, wo mich niemand berühren konnte. Jim Morrison starb übrigens in Paris, nur vier Jahre später, im Sommer 1971, unter höchst unklaren Umständen, war es Selbstmord?, war es eine Liquidation?, ja, einige behaupten sogar, dass es nur eine banale Überdosis Whisky und Heroin war, diese pathetische Frühstücksmischung der Stars, oder allzu späte Abendgebete, niemand weiß es mit Sicherheit, und Jim Morrison wusste auch nicht, dass bereits ein Medikament nach ihm benannt worden war, hundert Jahre zuvor, nämlich Morrisons Pillen, die wohltuend auf die Galle und den Stuhlgang wirken, aber wie dem auch sei, in seiner letzten Nacht stieg er im berühmten l'Hotel ab, in der Rue des Beaux Arts, wo schon Oscar Wilde bis zu seinem Tode gelebt hatte, 1900, nachdem er aus dem Gefängnis entlassen worden war und England für immer verlassen hatte, und diese Männer hatten mehr gemeinsam als die Literatur und das, was man wohl einen extremen oder einen exzentrischen Lebenswandel nennen kann, sie waren beide wegen unzüchtigen Verhaltens angeklagt worden, Wilde wegen seiner Homosexualität und Morisson, weil er sich entblößt hatte, als die Band im Jahr zuvor in Miami gespielt hatte; Wilde, der Ästhet und Zyniker, hatte wie gesagt seine Strafe verbüßt, Morrison ertrug den Gedanken nicht, ins Gefängnis zu müssen, und hatte deshalb geradezu Asyl in Frankreich gesucht, und vielleicht war es diese Schicksalsverwandtschaft, die ihn dazu brachte, seine letzte Nacht im l'Hotel zu verbringen, und jetzt, während meines unglückseligen Besuchs auf dieser Buchmesse hier in Paris, zu der ich ja eingeladen wurde, um etwas verhältnismäßig Vernünftiges über den norwegischen Roman zu sagen und darüber, warum ich überhaupt schreibe, wohne auch ich in diesem engen und an Erinnerungen reichen Hotel, und diese Linien, diese Spuren, die einander kreuzen, Erfahrungen, Orte und Personen, befriedigen ein wenig meine Sehnsucht nach Worten, und um diese Abschweifung endlich abzuschließen, die paradoxerweise diese romantische Erzählung wieder ins richtige Fahrwasser bringen soll, muss ich die Aufnahme erwähnen, die mir vor ein paar Jahren in die Hände fiel, wie genau, darauf will ich hier nicht näher eingehen, nur andeuten, dass der Piccolo vom l'Hotel dabei eine gewisse Rolle spielte, dabei handelt es sich also um eine Aufnahme, die Jim Morrison an dem Tag vor seinem Tod gemacht hat, mit anderen Worten an dem Tag, als er im l'Hotel abstieg, die Aufnahme ist vierzig Minuten lang, seine Stimme wirkt gleichzeitig müde und intensiv, und dabei ist sie in all ihrer Ruhe erschütternd, jetzt, wo wir wissen, wie es endete, es ist eine Stimme von der anderen Seite. Er liest einige Strophen, ein paar davon sind bereits bekannt, wie diese poetische Narbe, die er bereits als Kind bekam, *indian scattered on dawns highways bleeding,* die ganze Zeit unterbricht er sich selbst, es entstehen lange Pausen, ich nehme an, dass er währenddessen trinkt, denn ganz schwach kann man hören, dass er eine Flasche abstellt, Whisky wahrscheinlich. Andere Strophen werden wiederholt, *awakened to dayfall by a worried gardener/enter again the sweet forest/everything is broken up and dances.* Und dann, plötzlich und ohne jede Vorwarnung, beginnt Jim Morrison, 27 Jahre alt, zu singen, auf dieser obskuren Aufnahme, einen Tag, bevor er tot in der Badewanne gefunden wird:

I am a deathbird
A naughty nightbird

Dann scheint es, als sammele er alle seine Kräfte, und er bricht klagend in seinen letzten Refrain aus, als wüsste er bereits, wohin das führt, dass es unumgänglich ist, und dann versucht er eine Hoffnung zu erspähen:

Am I going to die
Am I going to die

Es ist das gleiche Klagelied, das wir zu allen Zeiten in allen Sprachen singen.

Und die letzten Worte, die kaum noch auf der Aufnahme zu hören sind, wie die einer ängstlichen Stimme ganz am Ende eines wilden Festes, lauten folgendermaßen: *He didn't tape that?* Der Tod ist die einzige Erfahrung, die wir nicht weitertragen können.

Und damit kehre ich zurück zu der Spur des Blumenboten, im November 1965:

Am nächsten Tag, nach der Schule, und ich habe keine Lust, mehr von der Schule zu erzählen, der Realschule, außer dass es mir weiterhin vor ihr graute und ich so tat, als könnte ich immer noch kein R aussprechen, denn alles andere hätte für viel Aufregung gesorgt, und Aufregung kann ich nicht vertragen, also blieb ich bei meinen unklaren Rs, wenn ich gefragt wurde, und Putte rotzte weiter auf die Klinke zum Klassenzimmer, er rotzte überall hin, in Schulbrote, Schulranzen und Schuhe, in den Trinkbrunnen, in Federtaschen und Tintenfässer, aber was ich erzählen wollte, war, dass ich am nächsten Tag nach der Schule direkt an Finsens Flora vorbeifuhr, nur damit das klar ist, einen gewissen Stolz hatte ich schließlich, ich wollte meinen Fuß nie wieder dort hinein setzen, hielt jedoch an, als ich zur Bygdøy allé gekommen war, dachte noch einmal genauer nach, das heißt, ich dachte an die elektrische Gitarre, die fiestarote Fender, und jetzt aufzugeben, das wäre schmachvoll gewesen, und somit kehrte ich um und radelte zurück zu Finsens Flora, wo ich wie vorher unter der klingelnden Glocke hineinging.

Finsen Selbst blätterte in den leeren Schubladen der Kasse.

»Da bist du ja«, sagte er.

Was sollte ich dazu sagen?

»Ja«, sagte ich.

Frau Finsen Selbst schnitt Blumen im Hinterzimmer und stand glücklicherweise mit dem Rücken zu mir, denn ich glaube nicht, dass ich ihren Blick hätte ertragen können, nachdem ich sie gesehen hatte, wie sie über den Tisch ausgebreitet gelegen hatte.

Finsen Selbst schloss die Kasse und stellte sich in die Ecke mit den Kakteen, wo Frau Finsen Selbst uns nicht sehen konnte.

»Komm her«, sagte er.

»Wohin?«

»Wohin? Na, hierher natürlich.«

Ich ging ganz langsam zu ihm und blieb dann stehen.

»Da gibt es etwas, worüber ich gern mit dir reden würde«, sagte Finsen Selbst.

»Mit mir reden?«

Das war unangenehm. Ich konnte sagen, ich hätte überhaupt nichts gesehen. Das konnte ich problemlos. Nur ich wusste, was ich gesehen hatte. Niemand sonst konnte das wissen. Ich entschied, was ich gesehen hatte. Es waren meine Augen. Ich hatte nichts gesehen.

»Ja. Mit dir reden.«

Finsen Selbst senkte seine Stimme.

Ich versuchte mir vorzustellen, was er wohl sagen würde. Dass ich niemandem etwas davon erzählen sollte. Dass es ein Missverständnis war. Dass ich nicht das gesehen hatte, was ich meinte gesehen zu haben. Dass es nur so ausgesehen hatte. Dass ich gefeuert wurde.

»Erinnerst du dich an das Paket, das du zur Eckersbergs gate bringen solltest?«, fragte er.

Zuerst glaubte ich, nicht richtig gehört zu haben. Aber ich hatte richtig gehört. Ich sank in mich zusammen. Ich war nicht länger freigesprochen und glaubte trotzdem immer noch, ich könnte davonkommen.

Ich sagte:

»Eckersbergs gate? Ich habe viele Pakete für die Eckersbergs gate gehabt.«

»Eckersbergs gate Nummer neun. Halvorsen.«

»Ich glaube, ich kann mich fast daran erinnern«, sagte ich.

Finsen Selbst strich ein paar Mal mit der Hand über den Kaktus.

»Und was glaubst du, was kannst du fast erinnern?«

»Dass Halvorsen nicht zu Hause war.«

»War er nicht, nein. Aber was hast du dann gemacht? Mit den Blumen, die er für seine liebe Frau bestellt hatte?«

»Ich habe sie bei der Nachbarin abgeliefert. Wie Sie es mir gesagt haben.«

»Du hast sie bei der Nachbarin abgeliefert?«

»Übrigens heißt sie Quisling.«

»Quisling? Du hast also Halvorsens Blumen bei Quisling abgeliefert?«

»Ja. Maria Quisling.«

Jetzt zog Finsen Selbst einen Abschnitt aus der Kitteltasche, strich ihn sorgfältig zwischen den Händen glatt, bevor er ihn vor mir in die Höhe hielt. Es war der Abschnitt mit Halvorsens Unterschrift, von niemand anderem geschrieben als von mir.

»Steht da Quisling auf dem Abschnitt?«

Ich schüttelte den Kopf.

»Nein«, sagte ich.

»Dann sage mir doch bitte, was da steht. Lies es mir laut vor. Ich habe nämlich gestern aufgehört zu rauchen und kann schlecht sehen.«

»Halvorsen«, flüsterte ich.

»Lauter. Ich kann nämlich auch schlecht hören.«

»Halvorsen.«

»Und wie kann es sein, dass da Halvorsen auf diesem Abschnitt steht, wenn Halvorsen gar nicht zu Hause war und du die Blumen bei Quisling abgeliefert hast?«

Ich hatte nichts mehr zu verlieren.

»Da müssen Sie wohl Halvorsen selbst fragen«, sagte ich.

Finsen Selbst kam einen Schritt näher. Möglicherweise hatte er tatsächlich aufgehört zu rauchen. Aug in Aug mit ihm zu stehen, war nicht mehr, als nähme man selbst einen Lungenzug. Vielleicht hatten sie es deshalb gestern getrieben. Aber aus diesem Grunde wurde es nicht angenehmer. Ich hätte lieber einen Lungenzug genommen. Einen Moment lang glaubte ich, er wollte mir den falschen Abschnitt an die Stirn heften.

»Und genau das habe ich getan, weißt du, ich habe Halvorsen gefragt! Denn Halvorsen ist heute Morgen hier gewesen. Weißt du, was er gesagt hat? Nein, das kannst du ja nicht wissen. Aber du sollst es erfahren. Ich möchte gern die Blumen für Halvorsen in der Eckersbergs gate neun abbestellen, hat er gesagt. Aber mein Lieber, habe ich gesagt, die hat doch unser zuverlässiger Blumenbote schon lange abgeliefert. Da hat Halvorsen ein langes Gesicht gemacht, das kannst du mir glauben. Bei uns sind keine Blumen angekommen, hat er gesagt. Da musste ich den Abschnitt in der Kartei heraussuchen und ihn ihm zeigen. Das ist nicht meine Unterschrift, hat er gesagt. Und auch nicht die meiner Frau. Und wer hat da wohl ein langes Gesicht gemacht? Ich habe ein langes Gesicht gemacht. Und es gefällt mir nicht, ein langes Gesicht zu machen. Ich habe aufgehört zu rauchen. Ich habe Angst zu sterben. Was hätte ich sagen sollen? Das muss ein bedauerliches Missverständnis sein, sagte ich. Ein äußerst bedauerliches Missverständnis. Und Sie bekommen natürlich umgehend Ihr Geld zurück und gern neue Blumen noch dazu. Aber Halvorsen wollte weder das Geld zurück noch neue Blumen dazu. Ganz im Gegenteil. Er hat sich bedankt. Er war äußerst zufrieden damit, wie es war. Dass die Blumen seiner Frau nicht gebracht worden waren. Mache ich immer noch ein langes Gesicht?«

»Ja«, sagte ich.

»Und weißt du, warum ich immer noch ein langes Gesicht mache?«

Ich schaute zu Boden.

»Ich kann es mir fast denken.«

»Dann könntest du vielleicht so freundlich sein und mir erzählen, was mit dem Paket für Halvorsen in der Eckersbergs gate neun passiert ist.«

Wo sollte ich anfangen? Überall konnte ich anfangen. Ich hätte am liebsten auch den Kaktus in der Ecke gestreichelt, besann mich aber.

»Halvorsen war nicht zu Hause«, sagte ich.

Finsen Selbst wurde ungeduldig.

»Das habe ich verstanden! Ich bitte dich, so schnell wie möglich zur Sache zu kommen! Ist das auch verstanden?«

Ich nickte.

»Aber Maria Quisling, die im gleichen Aufgang wohnt, nur eine Etage tiefer, sie war zu Hause. Sie ist übrigens die Witwe von Vidkun Quisling, der in Akershus im Oktober 1945 erschossen wurde.«

Jetzt bestand die Gefahr, dass Finsen Selbst wieder anfangen würde zu rauchen.

Er unterbrach mich wütend.

»Ich warne dich nur noch ein einziges Mal! Was ist mit den verdammten Blumen passiert?«

»Maria Quisling wollte sie nicht annehmen.«

Finsen Selbst rief:

»Ich scheiße auf die ganze Familie Quisling!«

Dieses Mal war er derjenige, der sich selbst unterbrach und ängstlich zum Hinterzimmer schaute.

»Ich habe das Paket im Frognerveien verloren, und dann ist eine Straßenbahn direkt darübergefahren«, sagte ich.

»So, so. Die Straßenbahn im Frognerveien. Aber dann fehlt nur noch ein winziges Detail, damit ich nicht mehr so ein langes Gesicht machen muss. Halvorsens Unterschrift. Ich würde das gern von dir hören.«

Ich schaute zu Boden.

»Das ist meine.«

Finsen Selbst seufzte.

»Das war ein langer Umweg zur Wahrheit.«

»Ja, es brauchte seine Zeit.«

»Als würdest du über den Rådhusplassen radeln, um zur Fritzners gate zu kommen.«

Ich schüttelte den Kopf.

»Sieh mich an«, sagte Finsen Selbst.

Es sollte wohl nie ein Ende nehmen. Hier musste ich stehen, zwischen Kasse und Kakteen, eine Ewigkeit. Das war die Strafe. Ich sah ihn an.

Wir konnten hören, wie Frau Finsen Selbst das Messer auf den Tisch im Hinterzimmer legte.

Finsen Selbst zog mich näher zu sich heran, falls das überhaupt noch möglich war. Eigentlich kam jetzt erst der Moment, in dem ich mit dem Schlimmsten rechnete. Das war nur die Ruhe vor dem Sturm.

»Dann sind wir in gewisser Weise quitt«, sagte er.

Finsen Selbst hielt den Abschnitt mit der falschen Unterschrift wieder hoch, zerknüllte ihn direkt vor meinen Augen und warf ihn in den Eimer. Und ich begriff, vielleicht zum allerersten Mal, dass so die Welt ausbalanciert war, in dieser Art und Weise lehnten sich die Menschen aneinander, um nicht umzufallen: Ich wusste etwas von ihm, er wusste etwas von mir.

Damit konnte ich leben.

»Quitt«, sagte ich.

Da kam Frau Finsen Selbst aus dem Hinterzimmer, mit einem Paket in der Hand, blieb stehen und lächelte uns an.

»Was heckt ihr beide denn hier aus?«, fragte sie.

Finsen Selbst räusperte sich.

»Wir unterhalten uns nur darüber, dass ich aufgehört habe zu rauchen und dass unser Blumenbote anscheinend gelernt hat, das R zu sagen.«

Frau Finsen Selbst lachte. Diese belgische Königin lachte. Ich glaube, es war das erste Mal, dass ich sie lachen hörte. Sie zwickte Finsen Selbst in den Arm.

»Ich hoffe, du fängst bald wieder an. Denn so bist du ja nicht auszuhalten.«

Finsen Selbst wurde rot und unruhig.

»Ach, red doch nicht.«

Sie lachte noch lauter und wandte sich mir zu.

»Lass mal hören.«

»R«, sagte ich.

»Das klingt ja richtig schön. Und hier hast du das einzige Paket für heute.«

Ich glaubte für einen Moment oder hoffte es, genauer gesagt, ich glaubte nicht, ich hoffte nur, dass es für Aurora Stern sein würde. Aber das war es nicht.

»Primeln für die Eilert Sundts gate«, sagte Frau Finsen Selbst.

Endlich gab sie mir das Paket, wobei sie den Kopf schüttelte.

»Stell dir das vor, Primeln im November.«

Primeln im November seid ihr selbst, dachte ich, ging hinaus zu meinem Fahrrad und strampelte den ungemein anstrengenden Bondebakken hinauf, auf dem schon viele vor mir hatten ins Gras beißen müssen, weil er so steil ist und aus unebenen, eckigen Pflastersteinen besteht, was einen auch fürchten lässt, genau diesen Bondebakken hinunterzurollen, was mit großen Gefahren verbunden ist; ein Junge aus Bolteløkka hat im letzten Jahr die Kontrolle über sein Rad verloren und in Panik die rechte Sandale in die Speichen des Vorderrads gesteckt, vier Zehen abgerissen und vierzehn Zähne und eine Nase verloren, als er am Fuße des Bondebakken landete, wo nämlich die Eilerts Sundts gate anfängt – die Straße hat, wie man sich denken kann, ihren Namen nach dem Pfarrer und Sozialwissenschaftler Eilert Sundt, der im Zeitraum von 1855 bis 1869 die bahnbrechende Trilogie über *Sterblichkeit, Sittlichkeit und Reinlichkeit in Norwegen* herausgegeben hatte. Mit anderen Worten kartierte er die norwegische Moral von Nord bis Süd, aber ich habe mir oft überlegt, dass die Reihenfolge, in der diese dokumentarischen Romane herausgekommen sind, ungenau ist. Hätte er nicht lieber mit *Reinlichkeit* beginnen sollen, dann fortsetzen mit *Sittlichkeit* und ganz natürlich das Ganze mit *Sterblichkeit* abschließen können? Ich finde, das wäre logisch gewesen. Wir waschen uns. Wir treiben Unzucht. Wir sterben. Eventuell könnte *Sittlichkeit* an erster Stelle stehen, das will ich gern einräumen. Wir treiben Unzucht. Wir waschen uns. Wir sterben. Ich sollte in die Eilert Sundts gate 19, ein vornehmes Steingebäude, drei Stockwerke. Es war reine Routine. Ich lieferte den Abschnitt bei einem Hausmädchen mit weißer Schürze und gelben Handschuhen ab. Sie verschwand wieder, ich hörte Stimmen, dann kam sie mit der Unterschrift, dem Datum, der Uhrzeit und 75 Öre Trinkgeld zurück. Die Primeln gehörten ihnen. Es war wie gesagt reine Routine. Ich hätte dieses Paket mit verbundenen Augen abliefern können, mit Armen in der Schlinge und den Händen auf dem Rücken. Dieses Paket war das Gegenteil eines Blindgängers. Es war das, was wir Blumenboten ein Softeis nennen: geradewegs zur Adresse, jemand zu Hause und mehr als fünfzig Öre

Trinkgeld. Ich rutschte das Treppengeländer hinunter und hielt beim Mannen på Trappa an, dem berühmten Kiosk, der an der Ecke von Briskeby und Bondebakken liegt, ging dort hinein. Ich wollte mir ganz einfach etwas gönnen. Es roch nach Tabak, Lakritz und Leder. Es roch schwer, fast betäubend, nach Teer, Druckerschwärze und Papier. Die frischen Wochenzeitschriften hingen an kleinen Wäscheklammern an dünnen Schnüren. Allers, Norsk Ukeblad, Kvinner og Klær, Hjemmet, Aktuell. Auf der Titelseite von Aktuell entdeckte ich das Foto der schwedischen Schauspielerin Gunnel Lindblom, die in Oslo war, um in der Verfilmung von Hamsuns *Hunger* die Ylajali zu spielen. Und wenn ich etwas genauer nachgeschaut hätte, dann hätte ich mich selbst entdecken können, denn das Foto war gemacht worden, während sie in Skillebekk filmten, in einer Nacht vor gar nicht so langer Zeit, und hinter Gunnel Lindblom, am spröden Rand des Scheinwerferlichts, wartete eine Reihe unruhiger, ungeduldiger Schatten darauf, losgelassen zu werden, gesehen zu werden. Das waren meine Leute. Ich kaufte für fünfzig Öre Kandiszucker, doch als ich gehen wollte, stieß ich auf der Treppe vom Mannen på Trappa auf Putte.

»Gib mir was ab«, sagte er.

Putte nahm sofort das größte Stück und zerkaute den Kandis zwischen den Zähnen, und ich dachte voll Schaudern an all den Rotz, der sich von allen Seiten in seinem fetten Mund gesammelt hatte.

»Ich habe keine Zeit«, sagte ich.

Putte kam einen Schritt näher.

»Leih mir was von deinem Geld«, sagte er.

Ich gab ihm 25 Öre.

Er schaute lange die Münze an.

»Das ist alles, was ich habe«, sagte ich.

»Pass so lange auf mein Moped auf«, sagte Putte.

Putte ging in den Laden. Ich setzte mich auf die Treppe vom Mannen på Trappa und passte auf sein Moped auf. Es stand direkt davor. Der Helm lag auf der Rinnsteinkante, neben dem Vorderrad. Es war so ein Helm mit Glasvisier, wie eine Art Trichter, um auch das Gesicht zu schützen, nicht nur den Kopf, mit einem Lederriemen, um ihn unter dem Kinn zu befestigen. Auf den Helm hatte Putte einen schmalen, grünen Aufkleber mit Geschwindigkeitsstreifen geklebt: Rallye Monte Carlo. Jemand näherte sich vom Bondebakken her. Es war eine alte Dame mit ihrem Hund. Die Dame war so alt, dass sie zwei Stöcke brauchte. Deshalb war der Hund nicht an der Leine. Der Hund war ein Pudel. Er lief vor ihr hin und her. Die beiden gingen an mir vorbei. Nach einer Weile war der Pudel wieder da. Er blieb am Moped stehen und schnupperte im Rinnstein. Sein Schwanz ragte steil in die Höhe. Der Pudel schnupperte am Helm. Er schnupperte am Helm. Er schnupperte lange am Helm. Ja, dachte ich, ja. Dann hob der Pudel das eine Hinterbein, schaffte es gerade so und pisste in Puttes Helm.

Die alte Dame pfiff von der Ecke her, und der Pudel lief nach Uranienborg.

Ich hätte jetzt eigentlich schon lange weg sein sollen, aber das wollte ich sehen.

Putte kam mit der neuesten Nummer von *Allers* beim Mannen på Trappa heraus, ausgerechnet damit, mit einem Gummiband zusammengerollt.

»Hockst du immer noch hier?«

Ich stand auf.

»Du hast doch gesagt, ich soll auf dein Moped aufpassen.«

»Glaubst du etwa, du kriegst dein Geld zurück, du Jude?«

Putte konnte kaum sprechen, so viel Spucke hatte er aufgespart.

»Nein«, sagte ich.

Putte befestigte die Zeitschrift auf dem Gepäckträger und strich sich zweimal das Haar nach hinten.

»Was glotzt du?«, fragte er.

»Nichts.«

Putte setzte sich aufs Moped und legte sich den Helm in den Schoß.

»Was glotzt du?«, wiederholte er.

»Nichts«, wiederholte ich.

Putte hob den Helm mit beiden Händen, zögerte und sah mich an.

Vielleicht war es dieser Moment, in dem ich meinen doppelten Herzschlag bekam, mein ungleichmäßiges

Metronom, das zu allen Songs gleichzeitig den Rhythmus schlägt.

»Ich denke, du hattest es eilig, du Wichser?«, fragte er.

»Jetzt nicht mehr.«

Dann setzte sich Putte den engen Helm auf den Kopf.

Ich konnte noch seinen hohlen und gleichzeitig verblüfften Blick sehen, als die Pudelpisse auf der Innenseite des Visiers herunterlief, sich wie eine gelbe Maske über sein Gesicht legte und ihm in den Mund tropfte. Putte versuchte schnell den Helm wieder abzustreifen, doch der hing fest. Putte rief etwas, es war fast nicht zu verstehen, weil er durch den Trichter spuckte und kopfüber in den Rinnstein zwischen der Eilerts Sundts und der Renhedens gate fiel.

Das soll genug sein über Putte.

Er starb übrigens vier Jahre später, als er von einer der Jakobsleitern auf der MS Cuyahoga fiel, irgendwo in der Nordsee, auf dem Heimweg nach Norwegen, Oslo, von Marina de Carrara über Barcelona. Er kam also nie weit. Es heißt, er wäre betrunken gewesen. Andere meinen, jemand hätte ihm einen Schubs gegeben. Die Leute reden so viel. Auf jeden Fall starb er auf der Stelle. Es war nichts zu machen. Es war ein Unfall. Unfälle passieren. Das ist das Wesen des Unfalls. Putte lag für den Rest der Reise im Kühlraum und war nicht länger schroff und seekrank. Aber an Bord der MS Cuyahoga war außerdem der inzwischen fast vergessene, oder soll ich lieber sagen, übersehene, Maler PW. Er und Putte hatten etwas gemeinsam. Sie waren beide von ihren Eltern zur See geschickt worden, um zum Mann zu werden, jeder auf seine Art, um ihre Bestimmung zu finden, nicht unbedingt etwas Großes, aber eine andere, als sie vorher angestrebt hatten, nämlich Gangster und Künstler. PW wurde trotzdem Künstler. Putte starb. Welcher Vater war verzweifelter? Und während Putte sich an Bord die ganze Zeit unbeliebt machte, streitsüchtig, feige und hinterhältig, wie er war, gelang PW zu seiner eigenen Überraschung das Gegenteil, er wurde beliebt, indem er Portraits von der Mannschaft zeichnete, Portraits, die sogar ähnlich waren, und zwar auf die vorteilhafte Art und Weise. Einige dieser Zeichnungen wurden später von Galerien und Museen aufgekauft, darunter das Portrait von Putte, wie er in der Tequila Bar sitzt, in Barcelona, nur wenige Tage vor seinem Tod, und es ist ein romantisches, fast heroisches Portrait des jungen Seemannes, eine Art Elch im Sonnenuntergang für schlaflose Tagträumer, Putte posiert, er versucht einem zu ähneln, der er nicht ist, und PW gelingt es, dass er sich selbst und jemand anderem ähnlich sieht, das ist seine Kunst. Und das kann mich trotz allem ärgern, fast bis zum Platzen, und ich bin ansonsten ein nachsichtiger Mensch, wie ich denke, dass so ein Gesocks, diese Pest und Plage, dieser Nazi auf dem Moped, also Putte, so erhalten bleiben soll, im jungen, leidenschaftlichen Strich von PW, der auch bei einem Unfall ums Leben kam, es ist erst wenige Jahre her, als er seine Tochter rettete und selbst dafür das Leben einbüßte, und auf diese Art und Weise hatten Putte und er noch etwas gemeinsam, in einer Art Symmetrie, die über die Zeit gelagert war, nämlich einen jähen Tod. Was mich betrifft, so will ich mich an Putte mit einem Helm voll Pisse erinnern. So soll er erhalten bleiben.

Noch einmal: Das ist mehr als genug über Putte.

Und als ich nach Hause radelte, ziemlich gut gelaunt, begann es zu schneien. Ich sah die ersten Flocken in der Bygdøy allé, sie kamen von nirgendwo her, von einem hohen, glänzenden Himmel, und noch nie habe ich so einsamen Schnee gesehen, der zwischen den kahlen Bäumen stieg und sank und vor dem Fenster von Bruns Musikaliengeschäft landete und dort auf dem Bürgersteig wie ein weißes Plektrum liegen blieb.

In Skillebekk waren die Schneewälle bereits höher als die Mülleimer.

Ich stellte mein Fahrrad in den Keller, zwischen die Skier und das Kaminholz, wischte den Rahmen ab, säuberte die Kette und die Nabe, und während ich die Speichen putzte, kam Vater herunter in den Verschlag. Eine ganze Zeitlang sagte er nichts. Dann gab er mir ein dickes Knäuel Putzwolle, an dem ich mir die Finger abwischen konnte. Was ich auch tat.

»Jedes Jahr genauso überraschend«, sagte Vater.

»Was?«

»Der Schnee.«

»Ja«, sagte ich.

Ich warf das Putzwolleknäuel auf den Boden.

Vater hob es auf.

»Wie viel hast du bis jetzt verdient?«, fragte er.

»Weiß nicht genau«, antwortete ich.

»Das musst du doch wissen.«

Ich nahm den Pappkarton herunter und trampelte ihn platt.

Vater stand da und schaute zu.

»Ich habe über das mit der Gitarre nachgedacht«, sagte er.

Ich drehte mich zu ihm um.

»Ja?«

»Und über die Lexika habe ich auch nachgedacht.«

Langsam wurde ich ungeduldig.

»Was meinst du damit?«

»Vielleicht solltest du dir lieber von dem Geld einen Fotoapparat kaufen.«

»Ich habe keine Lust auf einen Fotoapparat.«

Vater rieb sich mit der schmutzigen Putzwolle die Hände ab.

»Mutter kann ihn dir bestimmt billiger besorgen.«

»Hörst du schlecht?«

Vater schaute mich verblüfft an, riss die Putzwolle in zwei Teile und steckte beide Teile in die Tasche.

»Was hast du gesagt?«

»Nichts.«

Ich schloss das Fahrrad ab. Hier sollte es stehen bleiben, für den Rest des Winters, abgeschlossen, im Kellerverschlag.

Vater legte mir die Hand auf die Schulter.

»Es ist sowieso das Beste, wenn du das Geld sparst.«

Dann gingen wir die leisen Stufen zu Mutter hinauf.

Ich hatte 736 Kronen und zwanzig Öre. Mir fehlten noch 1523 Kronen und achtzig Öre. Ich war noch nicht einmal auf halbem Weg.

Es schneite immer weiter.

Ein gelber Schneepflug ratterte durch jede einzelne Nacht.

Es wurde Dezember, und nie hatte es mehr Blumen gegeben als jetzt. Ich überlegte eine Weile, Skier zu benutzen, ließ es aber glücklicherweise bei der Überlegung, denn die Schneeverhältnisse änderten sich von Ecke zu Ecke, und ich hatte keine Lust, immer wieder neu zu wachsen, wenn ich nur vom Olaf Bulls plass zum Sankthanshaugen sollte. Ich ging. Ich trug Blumen aus. Ich ging mit düsteren Kränzen zum Vestre-Krematorium, denn die meisten starben im Dezember. Ich ging mit bunten Blumensträußen zur Frauenklinik in der Josefines gate, denn viele kommen auch im Dezember zur Welt. Ich lernte neue Adressen kennen und konnte sie an die richtige Stelle in die Bibel des Blumenboten eintragen, Damstredet, Stensgaten, Inkognito terrasse, Grønnegate, Arbins gate, eine hieß sogar Dunkers gate, ich ging dort, wo der Schneepflug geräumt hatte, aber eines Tages musste ich hinter den Schneewehen in der Tidemandsgate bei Lunds Kamera & Film Zuflucht suchen. Es war der Tag, an dem auch Mutter arbeitete. Sie saß in einer Ecke im Mantel auf dem Stuhl und schien für einen Moment verloren zu sein, und ich, der ich doch immer geglaubt hatte, dass sie so froh war, wenn sie hier sein konnte, aber jetzt schien es geradezu so, als hätte ich sie auf frischer Tat ertappt, ich konnte sie kaum wiedererkennen, bis sie mich schließlich doch entdeckte und erkannte, und am liebsten wäre ich umgekehrt.

»Wie du aussiehst«, sagte sie.

Ich blieb trotzdem in einer Pfütze zwischen all den Kameras, Objektiven, Diaprojektoren, Etuis und Rahmen stehen.

Es gab keine anderen Geräusche im Laden als die von Mutter.

»Bist du allein?«, fragte ich.

Mutter stand auf.

»Der Chef sitzt auf der Carl Berner fest.«

Ich war beeindruckt.

»Dann bist du also jetzt der Chef«, sagte ich.

Mutter lachte und war wieder die Alte.

»Das habe ich noch gar nicht überlegt.«

»Du bist der Chef«, wiederholte ich.

Mutter legte den Mantel über den Stuhl, behielt jedoch die Handschuhe an. Ich konnte mich nicht daran erinnern, die Handschuhe jemals gesehen zu haben, sie waren grau, eng, aus glattem, weichem Stoff.

»Du bist sowieso der Einzige, der bei diesem Wetter herkommt«, sagte sie.

Der Schnee lag wie ein Schatten im Fenster und schloss uns fast ein.

Von irgendwoher, vielleicht von Skarpsno, näherte sich ein Schneepflug.

»Ich muss gehen«, sagte ich.

Mutter legte mir die Hand auf den Arm.

»Ich kann dir eine Tasse Tee kochen. Das brauchst du.«

Und Mutter nahm mich mit ins Studio nebenan. Mitten im Raum stand eine Kamera auf drei Beinen. Die eine Wand war von einem weißen Laken verdeckt. Sie sollte den Hintergrund abgeben, den neutralen Hintergrund, der alles darstellen konnte. Auf dem Boden war ein Kreuz gezeichnet, wahrscheinlich mit Kreide, wo derjenige, der fotografiert werden sollte, stehen musste, um scharf genug zu werden. Vor einem Spiegel in der Ecke konnten diejenigen, die es wollten, wahrscheinlich vorwiegend Damen, wie ich vermutete, sich schminken, ihr Haar richten, die Zähne putzen, den Lippenstift nachziehen, alles mit der eitlen Absicht, sich für die Ewigkeit ansehnlicher zu machen. Auf einem Tisch lagen verschiedene Dinge, ein Schwert, ein Ball, ein Tuch, ein Teddy, ein Sonnenschirm, eine Boa, ein Hut, und ich dachte sofort, Requisiten, die Welt ist voller Requisiten.

Mutter hatte den Tee bereits fertig, er war in einer grünen Thermoskanne.

Ich bekam eine heiße Tasse.

»Soll ich ein Foto von dir machen?«, fragte sie.

»Kannst du das?«

Sie lächelte.

»Bin ich nicht der Chef hier?«

Ich trank von dem süßen goldenen Tee, der schnell kalt und bitter wurde, während Mutter alles vorbereitete. Sie strich das Laken glatt, schaltete eine Lampe ein, schob einen Stuhl zur Seite. Es wäre mir am liebsten gewesen, wenn kein Foto von mir gemacht worden wäre. Ein Foto von mir machen zu lassen, das war das Letzte, was ich wollte. Ich weiß nicht genau, warum, aber es erfüllte mich mit einer unermesslichen, unergründlichen Angst. Mein Herz konnte mindestens über ganz Oslo 2 zu hören sein. Nur Mutter hörte es nicht. Mutter war taub an diesem Tag. Es war nicht das Bild an sich, vor dem ich mich fürchtete. Es war die Zeit. Diese Gewissheit, dass alles die ganze Zeit vorbei war, ließ auch meine Hände zittern, mein Herz und meine Hände zitterten um die Wette, denn in dieser simplen Einsicht, dass alles abgemessen war, dass das Herz nur eine bestimmte Anzahl von Schlägen hat und meine Hände eine bestimmte Anzahl von Dingen tun können, lag das Gelächter des Todes, und der Tod lacht wie bekannt zuletzt. Was natürlich nicht durch den Gedanken besser wurde, an einem simplen Kreuz aus Korn, Licht und Sekunden festgenagelt zu werden.

»Du hast doch gesagt, dass ich schlimm aussehe.«

Mutter legte den Kopf zur Seite, schmunzelte verschmitzt.

»Bist du jetzt eitel geworden?«

Ich wandte mich von ihr ab und zeigte auf die lächerlichen Requisiten.

»Jedenfalls will ich nichts von diesem Mist hier benutzen. Okay?«

»Okay.«

»Und schon gar nicht das Schwert.«

Mutter kam näher, sie sagte:

»Du sollst einfach nur du selbst sein, mein Junge.«

Ich selbst?

Das machte meine Angst nicht gerade geringer.

»Warum ziehst du nicht die Handschuhe aus?«, fragte ich.

Aber darauf zu antworten, dazu hatte Mutter keine Zeit. Sie justierte die Höhe des Stativs, und dann musste ich auf dem Kreuz zwischen dem Laken und der Kamera stehen.

Ich sang lautlos vor mich hin:

Listen, do you want to know a secret
Do you promise not to tell

»Versuch ein bisschen zu lächeln«, sagte Mutter.

Ich legte die Hände auf den Rücken.

»Bist du glücklich?«, fragte ich.

Mutter richtete sich auf und schaute mich an, verblüfft, fast verlegen, und das war ich auch, verblüfft und verlegen. Es war einfach aus mir herausgefallen. Es war fast, wie sich erbrechen. Ich hatte dieses Wort noch nie benutzt, glücklich, ich hatte es gelesen, aber es nie gesagt, es war das erste Mal, dass ich es benutzte, glücklich.

»Glücklich?«, wiederholte Mutter.

Ich schaute auf meine Winterstiefel hinunter, die grauen Wollsocken, die darübergerollt waren, und ich wünschte mir, sie würde das einfach weglachen, das Ganze vergessen oder aber mit Ja antworten, kurz und knapp Ja, denn das war doch die Antwort, die ich hören wollte, doch stattdessen blieb sie stumm am Fotoapparat stehen, und diese Antwort, die sie mir nicht gab, die war mir Antwort genug, und es war das Schlimmste, was sie hatte sagen können.

»Ich weiß nicht«, sagte sie schließlich.

»Du weißt nicht?«

»Manchmal bin ich glücklich. Aber nicht die ganze Zeit.«

»Und wann?«, fragte ich.

Mutter lächelte.

»Jetzt zum Beispiel.«

Und in dem Moment drückte sie auf den Auslöser.

Hinterher standen wir in der roten Dunkelkammer, in der Mutter das Negativ im Vergrößerungsapparat kopierte und das feste Papier vorsichtig in eine Schale mit glänzender Flüssigkeit gleiten ließ, die schwer wogte und sich über den schwarzen Kristallen wieder zusammenschloss, und langsam kam ich in flüssigem Silber zum Vorschein, mein Gesicht, die Stirn, ich kam aus dem verzerrten Licht, scharf und streng, mein Mund, die Nase, die Stirn, die Augen, es war mein Blick, der sich als Letztes auf dem Boden der Schale öffnete und mich ansah.

»Nimm es heraus«, sagte Mutter.

»Ich? Mach du das.«

»Ich kann nicht.«

»Du kannst nicht? Wie meinst du das?«

Sie streckte mir ihre glatten Handschuhe entgegen.

»Ich habe ein Ekzem bekommen. Du musst das machen.«

»Ein Ekzem? Hast du hier ein Ekzem bekommen?«

Mutter zog ihre Handschuhe aus. Ihre Hände waren fleckig und angeschwollen, als wären sie verletzt, vielleicht sah es unter der roten, nackten Glühbirne, die von der Decke baumelte, noch schlimmer aus, Haut rieselte von den Fingern herunter, die Knöchel ähnelten offenen Wunden, es waren Mutters kaputte Hände, und sie wurde ungeduldig.

»Beeil dich«, sagte sie.

Ich zögerte, ich zögerte genau einen Moment zu

lange, und mein Gesicht verschwand wieder, es versank in den weißen, blendenden Kristallen, und ich schloss die Augen, während das schwarze Silber über mir festfror, und ich sagte es nicht, aber ich war erleichtert.

Mutter holte ihren Mantel und verschloss die Tür von Lunds Kamera & Film. Es war das letzte Mal, dass sie dort war. Wir gingen zusammen nach Hause.

Die Chemie einer Erzählung, so sagt man, und ich stimme dem fast zu, auch wenn es ein wenig schulmeisterhaft klingt, kann auch dieser Flüssigkeit in der Schale in der Dunkelkammer ähneln: Erfahrung, Lektüre, Phantasie. Ich möchte eine andere Methode oder Formel erwähnen: Wenn du geboren wirst, bist du geschichtslos. Wenn du stirbst, hast du bereits vergessen. Und in der Zwischenzeit spielt dir die Erinnerung einen Streich. Deshalb lege ich jeden Abend die Negative ins Bad der Erinnerung, und die Erinnerung darf in keiner Weise mit dem Gedächtnis verwechselt werden, die beiden verhalten sich nämlich zueinander wie die Karte und das Terrain, und in glücklichen, ja, glücklichen Momenten kann ich die Körner sehen, die sich zu Sprache auf dem Papier sammeln.

Ich nenne das meine *camera obscura,* mein arabisches Diorama: Ich schnitt ein Loch, nicht größer als einen Millimeter, in das Rollo, und der Schatten des Universums fiel auf eine Wand in Skillebekk.

Eines anderen Tages war das Wetter so stürmisch

und nass, dass man kaum von hier bis Solli sehen konnte, so dass Finsen Selbst beschloss, die Pakete mit dem Auto auszufahren. Ich hatte gar nicht gewusst, dass er überhaupt ein Auto besaß. Es stand zugeschneit auf dem Hof hinter Finsens Flora. Es war vielleicht kein Wunder, dass er es dort hatte stehen lassen. Es war ein Goggomobil. Es war viereckig und grün, soweit ich sehen konnte, und hatte eine Höchstgeschwindigkeit von ungefähr sechs Knoten die Stunde, auf geraden Strecken mit Rückenwind wohlgemerkt; zum Vergleich schaffte beispielsweise ein Skoda Octavia, Jahrgang 1961, unter ganz normalen Umständen 130 Stundenkilometer. Der größte Unterschied zwischen Dinky Toys und Goggomobil war, dass man einen Führerschein brauchte. Finsen Selbst war an diesem Tag schlecht gelaunt und empfindlich. Er war schlechter gelaunt und empfindlicher als je zuvor.

»Jetzt hältst du die Klappe und schaufelst«, sagte Finsen Selbst.

Wir bekamen das Goggomobil frei, legten die Pakete in den Kofferraum, setzten uns hinein, es herrschten mindestens zwölf Grad minus im Autoinneren, fuhren rückwärts vom Hof, und bereits auf dem Frognerveien mussten wir hinter der Straßenbahn anhalten, die nicht weiterkam, weil ein Opel direkt vor Sørensens Herrenfriseur mit dem linken Vorderrad auf den Schienen geparkt hatte.

»Verdammte Straßenbahn!«, fluchte Finsen Selbst.

»Es ist ja eigentlich die Schuld des Opels«, sagte ich.

Finsen Selbst ballte beide Fäuste.

»Jetzt hältst du die Klappe und sagst nichts mehr, sondern bist still! Hast du das gehört, du Weichtier? Oder willst du lieber die Straßenbahn nehmen? Ja? Willst du die Straßenbahn nehmen?«

Ich schüttelte den Kopf, denn ich nahm an, dass er die letzte Frage noch am besten im Kopf hatte, ob ich die Straßenbahn nehmen wollte, danach nickte ich, um klar zum Ausdruck zu bringen, dass ich nichts mehr sagen würde.

Nur kurz: Finsen Selbst hatte wieder angefangen zu rauchen.

Er fand eine Zigarette im Handschuhfach, schaffte es, sie anzuzünden, zog daran wie ein Säugling und beruhigte sich ein wenig.

Wir warteten darauf, dass der Autofahrer kommen und den Opel wegfahren würde. Doch das geschah nicht. Hinter uns wurde die Schlange immer länger, sie reichte fast bis zum Solli plass, vielleicht sogar bis zum Nationaltheater, es würde mich nicht wundern. Der Straßenbahnfahrer benutzte alle Klingeln, die er zur Verfügung hatte, und Finsen Selbst hämmerte auf die Hupe. Doch auch das nützte nichts.

»Bestimmt dieselbe blöde Straßenbahn, die über Halvorsens Blumen gefahren ist«, sagte er.

Ich wollte gerade darauf hinweisen, dass es schließlich der Opel war, der falsch parkte, besann mich aber noch. Finsen Selbst mit so einer Laune, damit war nicht zu scherzen. Stattdessen sagte ich:

»Eines würde ich ja gern wissen.«

»Ja, ja, lach nur über mein Auto, du! Lach dich nur kringelig!«

»Ich lache gar nicht.«

»Ich will dir eins sagen, du. Es war Basse Hveem, der hier im Lande Reklame für Goggomobils gemacht hat, und wenn ein Goggomobil gut genug ist für Basse Hveem, dann ist ein Goggomobil verdammt noch mal auch gut genug für uns! Ist das klar?«

»Wer war Basse Hveem?«

Finsen Selbst seufzte.

»Basse Hveem, mein Junge, Basse Hveem ist acht Mal Nordischer Meister auf der Langstrecke gewesen und genauso oft Norwegischer Meister, und wenn Basse Hveem für mich die Blumen ausgetragen hätte und nicht bereits letztes Jahr gestorben wäre, dann hätte ich nicht verdammt noch mal hier hinter dieser blöden Straßenbahn festsitzen müssen! Ich werde die Straßenbahngesellschaft verklagen. Das werde ich, ich werde Alf Nordhus anrufen und die Oslo Sporveier verklagen!«

Ich fragte nicht, wer Alf Nordhus war, der berüchtigte Rechtsanwalt, der in der Morgens Thorsens gate wohnte, der Straße, in der ich vor drei Monaten mein erstes Paket abgeliefert hatte.

Ich sagte:

»Es ist aber der Opel, der falsch parkt.«

Finsen Selbst drehte sich zu mir um, seine Augen waren schmale Schlitze, und er zündete sich noch eine Zigarette an der Kippe der vorherigen an.

»Was wolltest du fragen? Wie viel du kriegst, wenn ich fahre? Du denkst doch sowieso an nichts anderes als an das Geld! Geld ist das Einzige, was du im Kopf hast. Aber das will ich dir sagen, du kriegst haargenau das Gleiche wie vorher, nicht mehr und nicht weniger, denn ich bin verflucht noch mal nicht schlechter als Radoor!«

Ich versuchte ein Fenster herunterzukurbeln. Aber es ließ sich nicht öffnen. Ich hätte ebenso gut auch anfangen können zu rauchen.

»Ich frage mich nur, warum Halvorsen seiner Frau nicht doch noch die Blumen hat geben wollen«, sagte ich.

Finsen Selbst schwieg eine Weile.

Zwei Straßenbahnfahrgäste gingen in den Laden von Friseur Sørensen, aber der Besitzer des Opels war nicht dort, um sich vor Weihnachten die Haare schneiden und kämmen zu lassen. Der Straßenbahnfahrer versuchte die Polizei anzurufen, aber die Polizei bearbeitete andere, wichtigere Fälle, und in der ganzen Stadt war kein Abschleppwagen frei. Es war ein Leben sondergleichen auf dem Frognerveien im Dezember. Schließlich mussten acht Mann mit dem Straßenbahnfahrer unter großem Beifall den Opel auf den Fußweg heben, und sie produzierten sich schon ziemlich vor den Hausfrauen, die sich eine Pause gegönnt und auf ihre schiefen Einkaufswagen gesetzt hatten, um dem Ganzen beiwohnen zu können.

Finsen Selbst ergriff das Wort:

»Einige schenken Blumen, um andere zu erfreuen. Andere schenken Blumen, weil sie etwas bereuen, was sie getan haben. Und wieder andere schenken Blumen nur um der Blumen willen. Darüber haben die großen Philosophen sich schon seit Anbeginn der Zeit den Kopf zerbrochen, und ich bin nur ein ganz normaler Mann mit zwei Jahren auf der Gärtnerschule in Hardanger, aber so viel kann ich doch sagen, dass Halvorsen sicher seine Gründe hatte, und an denen wollen wir nicht rütteln.«

»Ja«, sagte ich.

Endlich konnten wir weiterfahren.

Es gab drei Lieferungen in den Tälern von Hoff und Skøyen, anschließend ein größeres Bukett beim Bakkekroen nördlich des Smedstadkrysset, darauf folgte ein Weihnachtsstern für die Belgische Botschaft, wo ich eine ungestempelte Briefmarke als Trinkgeld bekam, als würde ich jemanden in Belgien kennen, und dann waren es sechs Pakete hintereinander im Schneegestöber zwischen Vestkanttorget und Riddervolds plass, und als wir mit ihnen fertig waren, stoppte Finsen Selbst plötzlich das Goggomobil im Windschatten an der Ecke von Gyldenløve und Haxthausens gate.

Ich holte das nächste Paket aus dem Kofferraum.

Finsen Selbst steckte sein dünn besiedeltes Gesicht kaum aus dem Fenster.

»Und beeil dich, damit die restlichen Blumen nicht erfrieren, und steh nicht unnötig lange herum«, sagte er.

Es war für Aurora Stern.

Ich klingelte an der Haustür und lief die Treppen zum zweiten Stock hinauf. Die Tür war angelehnt. Mein Herz schlug in ungewöhnlichem Tempo, und ich hatte dieses Gefühl, dieses, wie soll ich sagen, schwindelerregende Gefühl, das ich so oft bekomme, als wäre das Ganze ein Traum und als sollte ich jeden Moment aus ihm erwachen, aber wo bin ich, wenn ich aufwache, wo bin ich dann, das wusste ich nicht, und ich habe es bis jetzt glücklicherweise noch nicht herausgefunden, denn sonst wäre ich ja nicht hier, aber selbst wenn ich es gewusst hätte, hätte ich es doch nicht erzählen können.

So ist es nun einmal.

»Hallo«, sagte ich.

Ich hörte ihre Stimme in der Wohnung.

»Komm nur herein. Die Tür ist offen.«

Ich blieb auf dem kalten Treppenabsatz stehen, ungeduldig und zögernd.

Schließlich war es Aurora, die kam.

Sie trug dasselbe dunkle Kleid, eng in der Taille wie eine Sanduhr.

Ich gab ihr den Abschnitt.

Sie schaute mich verwundert an und sagte:

»Ich habe Espresso gekocht. Trinkst du Espresso?«

Ich schaute woanders hin.

»Habe ich noch nie probiert.«

Aurora Stern lachte.

»Einmal muss ja das erste Mal sein, nicht wahr?«

»Ja.«

»Und Espresso, der macht dich wach. Du siehst müde aus. Nun komm schon.«

Ich schaute sie erneut an.

»Ich kann nicht.«

Sie stutzte, etwas um die Augen zuckte, und in dem kurzen schwarzen Haar konnte ich eine graue Strähne über der Stirn erkennen.

»Du kannst nicht?«

»Ich muss weiter.«

»Aber du kannst doch einen Augenblick hereinkommen?«

»Er sitzt unten im Auto.«

»Wer?«

»Der Blumenhändler. Wir fahren heute die Blumen mit dem Auto aus.«

Ich brach alle Regeln und legte das Paket ab, bevor ich die Quittung bekommen hatte.

Doch Aurora Stern streckte ihre kräftigen, breiten

Hände aus und legte sie auf meine, die fast verschwanden in diesem weichen, plötzlichen Griff, und so hielt sie mich zurück.

»Ich dachte, du wolltest wissen, was passiert ist«, sagte sie.

»Ja.«

»Ich kann dir erzählen, was passiert ist.«

»Ich habe keine Zeit«, sagte ich.

»Du hast immer Zeit.«

»Ich muss gehen.«

Ich versuchte mich loszureißen.

Und da bemerkte ich die Verbände. Um beide Handgelenke hatte sie mehrere Lagen Verbände gewickelt.

Aurora Stern war diejenige, die losließ.

Sie unterschrieb dieses Mal nur mit den Anfangsbuchstaben und schloss schnell die Tür.

Ich lief alle Stockwerke hinunter.

Ich bemerkte die Straßenlaternen, diesige Lichter, wie Satelliten, die aus der Bahn geraten waren.

Ich setzte mich in das Goggomobil.

»Musstest du noch den Treppenaufgang putzen, Glühbirnen wechseln und Linoleum verlegen?«, fragte Finsen Selbst.

Es fehlten noch zwei Pakete. Das eine lieferte ich an der Rezeption des Lovisenberg-Krankenhauses ab und das letzte in der Holtegaten, es ging an den berühmten Literaturprofessor Francis Bull, eine magere Gestalt mit dicken Augenbrauen, und er sah tatsächlich genauso aus, nämlich wie ein Literaturprofessor und unermüdlicher Fürsprecher des Zusammenhangs von Leben und Dichtung, und was sollte sonst zusammenhängen, wenn nicht Dichtung und Leben? Da ist das Verhältnis zwischen Leben und Lehre schon gleich viel komplizierter, das sind zwei verschiedene Disziplinen, möchte ich einmal behaupten, die in den meisten Fällen nur wenig miteinander zu tun haben, wenn man Realismus dem Idealismus vorzieht. Leben und Lehre gehören unterschiedlichen Fakultäten an. Francis Bull gab mir einen Pfefferkuchen. Ich aß die Hälfte und gab den Rest den Vögeln.

Ich hatte 864 Kronen, fünfzig Öre und einen Elefanten. Wenn es so weiterging, hatte ich bald die Hälfte geschafft. Ich war meinem Plan voraus, und das ohne Mühe.

Aber ich ertappte mich dabei, mehr an Aurora Stern zu denken als an die elektrische Gitarre. Aurora Stern und die Fender Stratocaster tauschten langsam, aber sicher ihren Platz in meinem beschränkten Bewusstsein. Jeden Tag hoffte ich innerlich, dass es ein neues Paket für sie gäbe. Ich wollte hören, was passiert war. Ich versuchte es mir vorzustellen. Ich dachte mir so einiges aus, doch ich fand keine Ruhe, es machte mich nur immer unruhiger, ungeduldig, je mehr ich mir vorstellte, umso mehr wollte ich wissen. War sie in die Manege hinabgestürzt und hatte sich verletzt? Hatte sie jemanden verloren und kam nicht darüber hinweg? Des

Nachts schlief ich nicht. Und die Verbände um ihre Handgelenke, was war mit denen, hatte sie versucht, sich selbst in Stücke zu schneiden, um zu sehen, ob das Blut immer noch floss? Hatte sie versucht, Selbstmord zu begehen? Ist es möglich, sich beide Pulsadern aufzuschneiden, erst die rechte, dann die linke, mit der bereits verletzten, tropfenden rechten Hand? Wenn sie so entschlossen war, wieso lebte sie dann immer noch? Ich dachte mir alles Mögliche aus, fand aber trotzdem keine Ruhe, es machte mich nur noch unruhiger, ungeduldig, denn je mehr ich mir vorstellte, umso mehr wollte ich wissen. Das ist wie beim Trinker, der den ersten Schluck nimmt, dem Pyromanen, der eine Streichholzschachtel sieht. Und jetzt fällt mir ein, dass es zwei Worte in der norwegischen Sprache gibt, die sich nur durch einen einzigen Buchstaben unterscheiden, fast wie ein Versprecher, ein einfaches *e*, nämlich sich vorstellen und sich verstellen, und obwohl sie eine so unterschiedliche Bedeutung haben, sind sie doch nicht ohne jeden Zusammenhang, und vielleicht ist das Wesen des Dichters in diesen Worten zu finden, denn während ich mir vorstellte, was mit Aurora Stern geschehen sein könnte, verstellte ich mich auch, ich lebte heimlich ein ereignisreiches Leben, jenseits von allen oder ohne mich selbst.

Doch es gab keine weiteren Pakete für Aurora Stern. Das nächste Mal kam nicht. Ich wartete. Und während ich wartete, brachte ich allen anderen in dieser Stadt

Blumen, allen außer Aurora Stern, und ich hätte nur zu gern eines dieser Pakete geopfert, inklusive dem dramatischen Einkommensverlust, den das mit sich bringen würde, für eine einzige Blume für Aurora Stern in der Haxthausens gate 17.

Ich möchte die Gelegenheit nutzen, jetzt, wo ich mich dem Ende nähere, um im Vorbeigehen eine kleine Geschichte zu erzählen, die, apropos Francis Bull, selbst erlebt und wahr ist, aber in erster Linie Ersteres, und von der ich annehme, dass Francis Bull sie zu schätzen wissen würde. Bevor ich hierherkam, zu der Pariser Buchmesse, war ich in Moskau, bei einer entsprechenden Buchmesse, genau genommen flog ich sogar direkt von Moskau nach Paris, mit nur einer kurzen Zwischenlandung in Stockholm. Es gibt immer irgendwo auf der Welt eine Buchmesse. Wenn nicht in Paris oder Moskau, dann kannst du sicher sein, dass eine in Vilnius ist, in Rio, Montreal oder Edinburgh. Ich bin dort gewesen. Ich war Handelsreisender in Romanen in den letzten Jahren. Aber in Moskau war ich nie zuvor gewesen. Es war abgemacht, dass mein Verleger mich am Flugplatz abholen sollte. Doch er kam nicht. Ich wartete eine Stunde. Ich wartete zwei. Ich stellte mich mitten in die heruntergekommene Halle, um sichtbar zu sein. Es nützte nichts. Ich verstand die Sprache nicht. Ich verstand die Buchstaben nicht. Ich verstand das Geld nicht. Kurz gesagt, es war ein Auswärtsspiel. Das Einzige, was ich wusste, das war der

Name des Hotels, in dem ich wohnen sollte, Hotel M, nicht weit entfernt vom Roten Platz, ein, wie es hieß, sehr exklusives Hotel, in dem Staatsoberhäupter und Rockstars abzusteigen pflegten, wenn sie in Moskau waren. Ich war, wie schon gesagt, auf Erfolgskurs, und Erfolg ist eine langsame Art zu sterben. Ich ließ mich von alten Gewohnheiten treiben, ich war selbstsicher und unaufmerksam zugleich, aber ich hätte es wissen müssen, als ich dort in Moskau vergeblich auf meinen russischen Verleger wartete, dass der Erfolgskurs auch ein Ende haben kann, vielleicht begann bereits in dem Augenblick der französische Stuhl auf der provisorischen Bühne zu wackeln. Ich sollte mich nicht weiteren Gefahren aussetzen. Ich hätte mich lieber still zurückziehen und auf mich selbst aufpassen sollen. Ich hätte auf meine Mutter hören sollen: Sei vorsichtig. Ich versuchte jemanden anzurufen, aber mein Handy funktionierte hier nicht, vielleicht gab es auch kein Netz. Ich war also jenseits von allem. Und plötzlich befand ich mich in einer Gruppe von Piratenchauffeuren. Sie waren auf eine rücksichtslose und direkte Art freundlich. Ein Mann nahm meinen Koffer, während die anderen beiden mich in einen Fahrstuhl schoben. Ich protestierte. Das nützte nichts. Sie waren sehr entschlossen und breitschultrig und entsprachen schweigend dem Bild eines Russen. Ich überlegte, ob ich um Hilfe rufen sollte, ließ es aber bleiben, die Höflichkeit verbot es mir, und Aufsehen zu erregen, das war absolut das

Letzte, was ich wollte, ich lief also Gefahr, entführt zu werden, misshandelt und beseitigt, nur weil ich höflich veranlagt bin, was dann aber doch nicht der Fall war, also ich wurde nicht entführt, misshandelt und beseitigt, sonst könnte ich von diesen Ereignissen ja gar nicht erzählen, diesen Nebensätzen, und sie in die Erzählung einfügen wie eine Zugabe auf einem Sampler mit alten Schlagern. Aber das Wichtigste ist ja sowieso nicht, wie alles endet, das Ende mag sein, wie es will, das Wichtigste ist, wie man dorthin gelangt, zum Schluss, denn das ist es doch, was am meisten Zeit braucht und den größten Einsatz erfordert, all diese Entscheidungen, die man treffen muss, welches Tempo man benutzt, den genauen Gang der Begebenheiten und nicht zuletzt die Reihenfolge, die nie zufällig ist, aber auch nicht logisch, ich möchte sie als eine Art poetischer Ordnung bezeichnen; das Ende dagegen ist vorbei, bevor du es in Worte fassen kannst, also denken wir nicht weiter darüber nach. Doch davon konnte ich damals noch nichts wissen, ich hatte es mit dem Fluch des Augenblicks zu tun, ich konnte weder den nächsten Schritt planen noch aus meiner Erfahrung schöpfen. Ich hatte Scheuklappen und den Tunnelblick wie ein abgedanktes Pferd zwischen Trabrennbahn und Schlachterei, wie ich dort stand, lächelnd, höflich und idiotisch, in einem Fahrstuhl, dazu noch einem Lastenaufzug, in Moskau, umringt von drei fremden Männern. Sie führten mich hinaus auf einen Parkplatz, hinter dem eine tiefe Kiesgrube lag. Ich dachte: In dieser Kiesgrube werden sie mich begraben. Sie blieben neben einem alten osteuropäischen Wrack stehen, einem Trabant, wenn ich mich nicht irre, der sich nicht sehr von dem Goggomobil von Finsen Selbst unterschied, nur dass dieses Wrack inzwischen in einem viel schlechteren Zustand war. Ich hatte so meine Zweifel, dass der Technische Überwachungsverein in Norwegen diesen Trabant auf die Straße lassen würde. Fast war es ein Trost, das zu denken, so einen ganz normalen, sachlichen Gedanken. Vielleicht hielt uns die russische Polizei ja auch an, wenn sie diese verrostete Klapperkiste sah. Der erste Mann legte meinen Koffer in den Kofferraum und setzte sich hinters Lenkrad, während die anderen beiden auf hektische Art und Weise die Finger gegeneinander rieben, das internationale Zeichen für Geld, außerdem schienen sie sehr ungeduldig zu sein, und ich holte schnell meine Brieftasche heraus und gab ihnen bereitwillig alles, was ich hatte, in allen Währungen, Dollar, Euro, Pfund, Rubel, Kronen, meine ganze Reiseroute in Valuta, sie zählten die Summe, immer und immer wieder, doch schließlich schienen sie zufrieden zu sein, sprachen untereinander in ihrem mürrischen Tonfall, schoben mich auf die Rückbank des Trabant, die voll war mit leeren Flaschen, abgewetzter Trainingskleidung und Kartons mit Pall Mall, gaben dem Fahrer kurz Bescheid, und die Tür knallte zu. Ich versuchte sie zu öffnen. Die Tür war von außen verschlossen. Die Situation war obskur, bizarr. Ich war, wie gesagt, ihrer nicht Herr. Die Situation war Herr über mich. Ich war der Hund an der Leine. Mein Mund war trocken, und ich fühlte ein schweres, intensives Unbehagen, das in tiefe Furcht überging, ja, geradezu in reines, unverwässertes Entsetzen. Ich hatte immer gedacht, dass es sich bei dem trockenen Mund irgendwie nur um ein Klischee aus Kriminalromanen handelte, aber jetzt wusste ich es besser, es war genau so, als wäre jegliche Flüssigkeit aus der Mundhöhle abgesaugt worden, während sich die Zunge flachlegte und die Lippen wie Papier über den Zähnen vertrockneten. Es war fast, als wäre ich wieder in der Realschule, aber diese Furcht war anders. Diese Furcht hatte ich nie zuvor gekostet. Allgemein betrachtet, waren meine Sorgen bis dahin unbedeutend gewesen, anfangs waren es Skillebekks Sorgen, ein Plagegeist namens Putte Göring, eine Blume, die nicht ausgeliefert wurde, ein Reklameplakat mit einem wenig vorteilhaften Bild von mir, Zensuren, mein halbherziger Doppelschlag, der meine supraventrikulären Extrasystolen verursachte, eine Frau namens Aurora Stern und schließlich die Angst, nicht fertig zu werden, die mich wann auch immer und wo auch immer mit heftiger Wucht treffen kann, beispielsweise an Bord eines Flugzeugs, auf der Straße, in einer Gesellschaft, und ich muss vom Tisch aufstehen und gehen, eine an und für sich anständige Furcht, derer ich mich nicht zu schämen brauche, aber dennoch einer ganz anderen Kategorie zugehörig als die, von der ich jetzt befallen war, auf der Rückbank eines Trabant in Russland, nämlich die um mein Leben. Dann fuhren wir los. Ich wusste nicht, in welcher Richtung Moskau, das Hotel M, der Kreml, der Rote Platz oder das Leninmausoleum und was auch immer sonst noch, wo das alles lag. Wir fuhren einfach davon, weg vom Parkplatz und der Kiesgrube, durch einen spärlichen Waldstreifen, auf einer schmalen, holprigen Straße. Der Schnee lag beidseits in schmutzigen Flecken. Der Himmel schien kurz vorm Einstürzen zu sein. Konnte das der richtige Weg sein, oder wurde ich jetzt zu einem noch verlasseneren Ort gebracht, wo die Untat geschehen sollte? Ich versuchte einen Schatten des Blicks meines schweigenden, verbissenen Chauffeurs zu erhaschen, um daraus vielleicht ablesen zu können, was hier vor sich ging. Er war ziemlich jung, in den Zwanzigern, sein Gesicht war breit und verschlossen, es war nichts darauf abzulesen. Er war undeutlich, im buchstäblichen Sinne. Er war offen wie eine Motorradschutzkappe. Das Haar auf dem viereckigen Kopf war kurz geschnitten, er war glatt rasiert, aber auch das machte meine Gedanken nicht lichter, ich habe nämlich ziemlich viele Vorurteile, ich dachte sofort an Neonazis, Hooligans und andere Schurken. Ich konnte seinen Blick nicht einfangen. Er starrte durch die schmutzige Windschutzscheibe vor sich hin. Die Hände auf dem Lenkrad waren groß wie Sieldeckel. Er war wohl derjenige, der die

Drecksarbeit machen sollte. Die beiden anderen waren sauber und steckten das Geld ein. Aber jetzt, nachdem sie mich in den Trabant gelockt und die Tür von außen verschlossen hatten, würde der Fahrer mir auch bald meine Bankkarten abnehmen und die Geheimcodes mit Zigarettenkippen und roher Gewalt aus mir herauspressen. Eine Weile überlegte ich, ob ich ihn mit einer leeren Flasche auf den Hinterkopf schlagen sollte, ließ es aber bleiben. Da war wieder diese Höflichkeit. Sie war ein Fluch. Wir kamen auf eine breitere Straße. Auf großen, fast umgewehten Plakaten neben einer geschlossenen Tankstelle wurden für den nächsten Monat Konzerte mit den Resten der Bee Gees angekündigt. Mehrere Autos fuhren an uns vorbei. Ich winkte ihnen vorsichtig zu. Entweder sie sahen mich nicht, oder aber sie winkten lächelnd zurück, bevor sie verschwanden. Sie verstanden nicht, was ich meinte. Eine alte Frau saß auf einem Stuhl am Straßenrand und verkaufte Medaillen aus dem Zweiten Weltkrieg. Der Fahrer bog wieder auf eine kleinere Straße ab und passierte einige riesige Wohnblocks, fünf insgesamt, jeder eine ganze Stadt für sich, dort Blumen auszutragen, würde mindestens ein Jahr dauern, das waren kommunistische Städte aus den Sechzigern, ideologische Architektur in Leichtbauweise, damit alle zu jeder Zeit hören konnten, was die Nachbarn sagten, aber jetzt waren es nur noch Slums, kaputte Parabolantennen und Wäsche, die dicht gedrängt auf den schmalen Balkonen hing, Müll quoll aus kaputten Fenstern, die Türen waren herausgerissen. Da sah ich einen Jungen. Er stand zwischen diesen Blocks. Er hielt einen Luftballon in der Hand, einen roten Luftballon an einer langen Schnur, und folgte ihm mit seinem Blick, wie er dort wie ein umgekehrtes Pendel schwang, diese einzige Farbe in diesem schmutzigen Wind. Und dieser Anblick brachte mir nicht nur die Assoziation in den Sinn, dass es sich fast um eine wahre Kopie handelte, eine Kopie des Gemäldes *The balloon flew away* des russischen, oder besser gesagt, sowjetischen Künstlers Lulhishkin, das ich übrigens in einer Ausstellung im Guggenheimmuseum in New York gesehen habe und das er 1926 malte, kurz bevor er bei Stalin in Ungnade fiel und in den Westen fliehen musste, das Gemälde zeigt einen roten Ballon, der zwischen zwei Häuserblocks aufsteigt, in denen wir sehen können, wer in jedem Stockwerk lebt, nicht die Helden der Revolution, sondern zerstörte, hoffnungslose Menschen, von Wahnsinn und Albträumen geritten, einige haben sich an den Deckenlampen aufgehängt, andere einfach aufgegeben, während der rote Luftballon in einen unsichtbaren Himmel hinein verschwindet, und ist das nicht eigentlich ein Gemälde, das vom Leben und der Lehre erzählt?, dieser Lehre, die aufs Leben tritt, wie der Stiefel auf eine Blume, dieser rote Traum, und das Joch genau dieses großartigen Traums, den die Bewohner der Wohnblocks haben ertragen müssen?, Lulhishkin ist derjenige, der den Ereignissen vorauseilt, bereits 1926, mit seinem Durchblick warnt, mit dieser einfachen und doch düsteren Vision, die in Erfüllung gehen sollte, obwohl doch genau das Gegenteil seine Absicht gewesen sein muss, nämlich zu warnen, der Entwicklung zuvorzukommen. Doch es war zu spät. Das Leben hatte kaum etwas gelernt. Und die Lehre wusste nichts vom Leben. Ich sah den Jungen, wie ihm die Schnur entglitt, und auf diese Art machte er, gegen seinen Willen, Lulhishkins Bild vollkommen. Ich sah den Jungen, der, weinend, wie ich glaube, so lange wie möglich dem Ballon mit seinem Blick folgte, wie ich es auch tat, ich folgte dem roten Ballon mit den Augen, bis er unter dem niedrigen, fast einstürzenden Himmel verschwand. Der Fahrer zündete sich eine Zigarette an. Das wirkte gefährlich. Wir hatten die Häuserblocks und den weinenden Jungen hinter uns gelassen. Hier war so gut wie kein Verkehr mehr. Die Felder lagen schwarz da, mit grauen Schneerändern. Und plötzlich sagte der Fahrer etwas, es war das erste und vielleicht das einzige Wort, das er auf Englisch konnte:

»Business.«

Ich zuckte zusammen und griff mit der Hand zum Türgriff, obwohl wir fuhren, aber die Tür war wie schon gesagt geschlossen, und auch das Fenster bekam ich nicht auf. Business? Sollten wir jetzt russisches Business machen, auf einem leeren Acker vor den Ruinen eines Kollektivbetriebs?

»Business«, wiederholte er.

Ich schluckte, aber da gab es nichts zu schlucken, mein trockener Mund war kaum in der Lage zu sprechen, und deshalb schüttelte ich den Kopf, während ich sagte:

»Bookfair.«

Die Augen des Fahrers huschten schnell im Spiegel vorbei, kamen zurück und blieben.

»Dostojewski«, sagte er.

Ich nickte.

»Hamsun«, sagte ich.

Und sein breites Gesicht zeigte ein großes Lächeln.

»Tolstoi«, sagte er.

»Ibsen«, sagte ich.

Ich erwiderte seinen Blick und lächelte auch, denn ich wusste, dass ich nicht mehr in Gefahr war, vielleicht war ich niemals in Gefahr gewesen, doch das konnte ich nicht wissen, jetzt wusste ich es, dass ich nicht länger in Gefahr war, und ist das nicht der wahre Zusammenhang zwischen Leben und Dichtung, nämlich dass Dichtung auch Leben retten kann?

»Tschechow.«

»Obstfelder!«

»Puschkin!«

»Bjørnson!«

»Turgenjew!«

Und so machten wir weiter, bis wir die Kuppeln des Kreml im kalten Nebel sahen, und der Fahrer fuhr mich zum Hotel M. Er wollte mir sogar noch meinen Koffer tragen, aber ich protestierte, ich konnte ihn selbst tragen, was er nicht akzeptierte, wir blieben auf dem Bürgersteig stehen und zerrten beide an dem Koffer, und zum Schluss ließ ich ihn gewähren, dafür verlangte ich, ihm einen signierten Roman in einer Sprache geben zu dürfen, die er nicht verstand. Wir verabschiedeten uns als die allerbesten Freunde. Mein Verleger wartete im Foyer. Ich weiß nicht, wer von uns was falsch verstanden hatte. Aber das spielte auch keine Rolle.

»Wie war die Reise?«, fragte er.

»Ausgezeichnet«, antwortete ich.

Im Zimmer lagen die Flugtickets für nach Paris, wo ich bereits von der Bühne falle, vor den Augen eines entsetzten Publikums.

Ich erwähnte gerade die Angst, nicht fertig zu werden.

Die Angst, fertig zu werden, ist genauso groß, wenn nicht sogar größer.

Ich nähere mich dem Ende, und deshalb versuche ich Zeit herauszuschinden, dehne sie und spanne sie. Weihnachtsgeschenke 1965:

Mutter: Niveacreme für empfindliche und gerissene Haut.

Vater: einen geriffelten Gummidaumen, um das Geld schneller zählen zu können.

Was ich bekam, konnte ich natürlich noch nicht wissen, zwei Wochen vor Weihnachten, aber es sollte unter anderem ein Schal werden, den Mutter gestrickt hatte und den ich mindestens drei Mal um den Hals wickeln konnte, er war blau mit schwarzen Streifen, ganz gleich, was andere meinen mögen, und ich trug ihn anschließend mehrere Jahre lang, bis ich ihn der Heilsarmee gab, auch das zu Weihnachten, und vielleicht läuft immer noch jemand mit diesem Schal herum, blau mit schwarzen Streifen.

Das Wetter schlug plötzlich um. Die Schneewehen, die Loipen, die Vigelandmonumente und das Bislett-Stadion schmolzen und versickerten in Rinnsteine und Schächte. Dann gab es eine Nacht mit vier Kreisen um den Mond und ebenso strengem Frost. Am nächsten Morgen war es, als wäre eine Welle aus dem Fjord über die Stadt geschwappt und hätte sie erstarren lassen. Das Rote Kreuz zählte laut Aftenposten 38 Schenkelbrüche im Laufe nur eines Tages, und man konnte ebenfalls lesen, dass der amerikanische Komiker Danny Kaye in Oslo war, eingeladen vom Norwegischen Nobelpreiskomitee, um der Verleihung des Friedensnobelpreises in der Aula beizuwohnen, der an UNICEF ging, und dass die Amerikaner die Erlaubnis bekommen hatten, in Vietnam Tränengas einzusetzen, von wem hatten sie die Erlaubnis bekommen?, dachte ich, ohne dass mir klar war, was ich da dachte, und fast wäre ich in der Colbjørnsens gate ausgerutscht, mit einer Forsythie in der einen Hand und einem Weihnachtsstern in der anderen.

Keine Blumen für Aurora Stern.

Nach einer Woche begann es erneut zu schneien, und dieses Mal fiel mehr Schnee als je zuvor.

Studienrat Hals ging auf Skiern von Klasse zu Klasse, mit dem berühmten Tropfen unter der Nase, und dort verwahrte er sein gesamtes Pensum, in diesem glänzenden Tropfen, dem Adelszeichen der Norweger sozusagen, bevor das schwarze Gold das Land überschwemmte, nämlich den Tropfen der Mühsal, des Verzichts und der Kraftanstrengung.

Wir hatten Prüfungen im Schnee.

Immer noch keine Blumen für Aurora Stern.

Und am dritten Adventssonntag, als Mutter keine Lust mehr hatte auf Grütze, Leberpastete, sieben Sorten Kekse, Schweineschwarte, Würstchen, Schinken, Rippchen und andere Innereien und Äußerlichkeiten von Schwein, Ochse, Kalb und Kuh, so dass sie sich kaum noch rühren mochte, geschweige denn essen, die Gerichte, die sie selbst von frühmorgens bis spätabends zubereitet hatte, manchmal sogar noch des Nachts, am dritten Adventssonntag fuhren wir zum Weihnachtsbüfett. Wir nahmen die Bahn bis zur Haltestelle Holmenkollen, und von dort mühten wir uns an der Aufsprungbahn der berühmten Sprungschanze entlang hinauf zu dem ehrwürdigen Restaurant, das fast auf einer weißen Anhöhe hoch über der Stadt zu liegen schien, wie ein Schloss, mit Gott als nächstem Nachbarn. Mutter hätte lieber ein Taxi hinauf genommen und wäre zu Fuß nach Hause gegangen, um das Fett abzuwatscheln, wie sie sagte, aber wenn es ums Weihnachtsbüfett ging, hatte Vater das Sagen, er hatte nämlich in dieser Woche seine Weihnachtsgratifikation von der Bank bekommen, und diese Summe wurde ganz und gar in diese jährliche Völlerei investiert, und er meinte, dass es den Appetit ganz außerordentlich anregte, wenn man hier in der Höhe ein wenig im Schnee mit dem Gegenwind kämpfen musste, außerdem war es gut gegen das schlechte Gewissen, und es hatte ja wohl keinen Sinn, zum Weihnachtsbüfett zu gehen und nur ein einfaches Kotelett und eine halbe Kartoffel mit Soße essen zu können, ganz im Gegenteil, beim Weihnachtsbüfett musste man richtig zulangen, um wirklich was für sein Geld zu kriegen, ja, je mehr man aß, umso billiger wurde es, und Vater sagte immer, wenn man lange genug so viel wie möglich aß, dann wurde es zum Schluss ganz umsonst. Vater war mit anderen Worten in bester Laune. Wie üblich hatte er einen Tisch in der Nähe des Kamins reserviert. Zuerst waren wir steif gefroren. Dann setzten wir uns und tauten langsam in den Flammen in unserem Rücken auf. Mutter wurde ganz rot im Gesicht und bekam einen verkniffenen Zug um den Mund, als ihre Frisur sich in der Stirn auflöste, und sie musste sofort hinaus auf die Toilette, um die schlimmsten Schäden zu reparieren und ihre Hände einzucremen.

Mein Blazer lief bereits ein und wurde über den Schultern zu eng.

Vater bestellte ein Bier und schaute mich an, während er auf den Kellner wartete.

»Du bist zu groß geworden für den Blazer«, sagte Vater.

»Es ist der Blazer, der zu klein geworden ist«, sagte ich.

»Ja, so kann man es auch sagen.«

Vater bekam sein Bier mit hoher Schaumkrone, und endlich kam auch Mutter zurück, und die Schlacht konnte beginnen.

Und ich blieb vor diesem überwältigenden, überquellenden, sich biegenden Tisch stehen, vor dem norwegischen Weihnachtsbüfett in all seiner Pracht, mit einem riesigen Schweinekopf im Zentrum der weißen Tischdecke, und ich konnte mich nicht entscheiden, nein, ich konnte mich einfach nicht entscheiden. Es war unmöglich. Die Auswahl war so groß, dass ich gar keine Wahl hatte. Ich war ganz einfach handlungsunfähig. Ich meisterte die Dramaturgie des Weihnachtsbüfetts nicht. Diese barocke Mahlzeit verwirrte mich. Ich wurde zwischen Rippchen und Sahnegrütze hin und her gerissen, zwischen Hähnchen und Schinken, Cola und Limonade, Saft und Apfelschorle, Lachs und Schwein, Rührei und Ochse, Preiselbeeren und Mandelpudding, und ich sah mit wachsender Verwunderung, ja, fast Bestürzung, möchte ich sagen, und nach einer Weile auch mit einem gewissen Unbehagen, das ich gar nicht leugnen will, was die anderen Gäste sich auf ihre

Teller schaufeln konnten, es schien, als fürchteten sie, dass der Rest aufgegessen werden würde, wenn sie nicht alles sofort nahmen, ja, sie schienen den Verdacht zu haben, der Tisch könnte geleert werden, sobald sie ihm den Rücken kehrten, sie konnten nicht genug kriegen, und sie hatten kaum Zeit, sich hinzusetzen, sie aßen im Stehen, sie schmausten, sie schlemmten, sie gossen Vanillesoße über das Lammsteak, sie mischten Eis und eingelegte Heringe, sie rührten Reiscreme in den Lutefisk und legten süßen Ziegenkäse auf den Gravedlachs, das Flatbrød in den Kakao und gossen sich Bier, Wein, Milch und Schnaps ins selbe Glas, um auf der sicheren Seite zu sein. Panik herrschte. Ich stand mitten auf einem Schlachtfeld. Ich sah Männer, die sich in die Haare gerieten, bewaffnet mit Gabeln und Schweinepfoten. Ich sah Frauen, die sich ihre Taschen mit Schweinebraten und Backpflaumen füllten. Ich sah Kinder über leeren Dessertplatten weinen. Ich hielt es nicht länger aus. Jetzt war ich derjenige, der auf die Toilette musste, und da standen mindestens zehn Kerle in dunklem Anzug vor mir und kotzten aus vollem Halse, wahrscheinlich, um noch mehr Platz zu haben, es stimmte, was Vater sagte, dass es hier darum ging, so viel wie möglich zu essen, denn der Preis blieb ja so oder so derselbe. Die Manieren waren zu Hause vergessen worden. Wir hätten uns ebenso gut in Taucheranzug mit Schnorchel kleiden können. Es war zu viel des Guten. So ging es beim Weihnachtsbüfett zu.

Ich aß drei Krabben, eine Kugel Eis und zwei Apfelsinenscheiben, die ich unter dem weichen Schaft des Schweinekopfs gefunden hatte, und trank im Laufe des Abends eine Flasche Cola.

Vater war äußerst unzufrieden mit meinem Einsatz und meinte, dass ich nächstes Jahr lieber zu Møllhausen gehen und einen Weihnachtskeks essen sollte, wenn ich so bescheiden sein wollte, dann könnte Vater nämlich gleichzeitig eine ansehnliche Summe sparen, denn wenn ich jetzt so wenig aß, dann war das ein ganz konkreter ökonomischer Verlust, das Restaurant bereicherte sich, während Vater blechen musste. Warum langte ich denn nicht genauso zu wie im Jahr zuvor, um nicht zu sagen, noch mehr? Lag es am Blazer, der zu eng war? Oder war ich einfach nur undankbar?

»Nun, nun«, sagte Mutter. »Jetzt werde ich uns erst einmal einen Pudding holen.«

Aber es ist nicht diese verdrehte Mahlzeit, diese große Pause, in der alles auf den Kopf gestellt wurde, die Vernunft herausrann und die Eltern zu verwöhnten Kindern und die Kinder zu senilen Alten wurden, von der ich in erster Linie erzählen will. Lieber möchte ich von dem Heimweg erzählen. Wir nahmen, wie gesagt, ein Taxi, einen Mercedes 220. Es war fast neun Uhr. Ich saß vorn. Es roch nach Leder und Teaköl im Wageninneren. Der Tacho auf dem Armaturenbrett war grün. Ich sah die Stadt unter uns liegen. Es schien, als flögen wir über diese Stadt, in einem schwarzen Fahrzeug, über alle Lichter, die so schön und unruhig in der Kälte und dem Nebel leuchteten, elektrische Lichter, akustische Lichter, eine Lampe auf einer Fensterbank, eine Hand, die ein Streichholz hielt, Straßenlaternen in Reih und Glied, Reklameschilder, Krankenwagen und glühende Reste eines Skillebekker Sonnenuntergangs. Und ich dachte, dass es für jedes dieser vibrierenden Lichter einen Menschen gab. Nie hatte ich es klarer vor Augen gehabt als in diesem Moment, und weder früher noch später hatte ich es so empfunden, dass es meine Lieder hier gab, und dass ich ebenso gut ein Lied schreiben könnte, das Aurora Stern hieß. Hier, unter den Lichtern, war mein Muster, das ich finden musste, waren meine Worte, ich sah alles, wusste aber noch nicht, dass das, was ich gesehen hatte, genau hier, die Naht war, die mich zusammenhielt.

Dann fuhren wir an den steilen, leeren Tribünen am Sprungturm vorbei und hinunter in dieses unerhörte, dieses ungewisse und doch denkbare Lichtermeer.

Und selten vergeht die Zeit langsamer als kurz vor Weihnachten. Doch die Zeit ist immer dieselbe, auch wenn du niemals die Hand zweimal in dieselbe Sekunde tauchen kannst. Nun, genug davon. Heiligabend kam trotz allem, genau wie der Müllmann mit dem Eimer auf der Schulter. Ich trug bis zwölf Uhr Blumen aus. Dann gab es keine Blumen mehr zu verteilen. Es war zu Ende. Ich bekam meinen Lohn aus der Kasse. Finsen Selbst zählte die Abschnitte. Es wurden 41 Kronen mehr, als ich erwartet hatte, weil Finsen Selbst Hammersborg und Gamle Aker zur östlichen Zone rechnete, was ich nicht getan hatte. Ich bedankte mich vielmals bei Finsen Selbst. Er bedankte sich bei mir. Wir hatten noch eine offene Rechnung stehen gehabt, besonders eine Episode, auf die ich hier nicht weiter eingehen möchte, deshalb wäre ich am liebsten nicht so beachtet worden, gar nicht gesehen worden, wenn es nach mir gegangen wäre. Es stimmt nicht, dass man alle Steine umdrehen soll. Es gibt nämlich Dinge, die man nicht sehen sollte, und schon gar nicht Herrn und Frau Finsen Selbst mitten auf dem Tisch im Hinterzimmer. Manchmal sollten alle einen schweren Stein haben, einen Felsblock, der auf ihnen liegt, so dass wir in aller Ruhe darunter unsere Dinge erledigen können, und niemand dreht ihn um. Aber alles in allem war es eine gute Zeit gewesen, der Herbst 1965, bei Finsens Flora in der Niels Juels gate, Oslo 2. Frau Finsen Selbst bedankte sich auch bei mir, ich dankte ihr, und anschließend wünschten wir einander richtig schöne Weihnachten, mit festem Händedruck und sogar einem Schulterklopfen. Es herrschte insgesamt eine gute Stimmung bei diesem Abschied, vielleicht war man auch ein wenig betrübt, doch das gehörte dazu, wussten wir doch alle, dass eine Zeit vorbei war.

Die Straßen waren jetzt still.

Die Straßen hatten ihren Job gemacht.

Und zum letzten Mal blieb ich vor Bruns Musikaliengeschäft stehen.

Die Fender Stratocaster hing immer noch dort. Sie glänzte. Der rote Körper, der schlanke Hals, das Griffbrett, die Knöpfe, die Saiten, die gewechselt worden waren, alles an ihr glänzte mit größerer Kraft als je zuvor.

Plötzlich riss der Verkäufer die Tür auf. Es war ein ziemlich junger Bursche, mit kragenloser Jacke, schmaler Hose und spitzen Schuhen. Er zündete sich eine Zigarette an und sah aus wie einer von den Kinks oder vielleicht der Bassist von der Spencer Davies Group. Auf jeden Fall zeigte er mit dem Streichholz auf mich und sagte:

»Jetzt stehst du seit September hier und hechelst nach der Strato! Willste sie jetzt haben oder nich?«

»Ich weiß nicht«, antwortete ich.

Der Verkäufer kam einen Schritt näher.

»Du weißt nicht? Ich will dir mal was sagen. Es gibt Leute, die würden ihren rechten Arm für diese Gitarre geben! Kapiert?«

»Ihren rechten Arm?«

»Na, vielleicht nicht genau den rechten Arm. Aber ein Bein oder beide Füße oder den Hintern. Ist doch auch egal. Aber eins will ich dir sagen: Wir brauchen junge, gute Gitarristen in dieser verschnarchten Stadt.«

»Ich kann sie mir nicht leisten«, sagte ich.

Der Verkäufer seufzte.

»Wie viel haste denn?«

»956 Kronen.«

Der Verkäufer überlegte, während er die Kippe unter seinem spitzen Schuh austrat, bis er schließlich sagte:

»Du kannst sie abstottern. 956 Kronen heute. Und dann hundert Kronen jeden Monat ab ersten Januar. Was sagst du dazu?«

Jetzt war ich an der Reihe mit überlegen. Ich musste eine Entscheidung treffen, und ich musste sie jetzt treffen. Und plötzlich, in der Bygdøy allé, erschien alles so einfach, so einleuchtend, ich musste fast lachen. Ich schaute die elektrische Gitarre an, das war vielleicht ein Anblick, und ich traf meine einfache Wahl.

»Nein, danke«, sagte ich.

Und damit lief ich, so schnell ich konnte, zurück zu Finsens Flora. Der Laden war geschlossen. Ich klopfte an die Tür. Nach einer Weile kam Frau Finsen Selbst zum Vorschein, sie schaute verwundert durch die Fensterscheibe, bevor sie öffnete und auf die Uhr sah.

»Solltest du nicht schon längst zu Hause sein?«, fragte sie.

Sie hatte ihren raschelnden Kittel nicht mehr an, sondern ein braunes Kleid mit Spitzen. Ich erkannte sie fast nicht mehr wieder.

»Ich möchte gern ein paar Blumen kaufen«, sagte ich.

»Möchtest du.«

»Ja. Und schnell.«

Frau Finsen Selbst nahm mich mit ins Hinterzimmer. Dort saß Finsen Selbst, in dunklem Anzug und Fliege, zwischen den leeren Regalen, den leeren Vasen, den leeren Blumentöpfen, zwischen allem, was verkauft und ausverkauft war. Auf dem Tisch standen eine Flasche Sherry und zwei Gläser. Es war ihr Heiligabend, und wieder hatte ich den Frieden gestört.

»Er möchte gern Blumen kaufen«, sagte Frau Finsen Selbst.

Finsen Selbst schaute auf.

»Kaufen? Das ist doch klar, dass er keine Blumen kauft. Die kriegt er so.«

»Ich möchte aber gern bezahlen«, sagte ich.

Finsen Selbst schüttelte den Kopf.

»Das kommt gar nicht in Frage. Du kriegst die Blumen.«

Aber jetzt blieb ich hartnäckig.

»Dann gehe ich zu Radoor und kaufe dort welche.«

Finsen Selbst wandte sich zu Frau Finsen Selbst, die auch den Kopf schüttelte.

»Das kommt erst recht nicht in Frage«, sagte sie.

Finsen Selbst leerte sein Glas mit einem großen, lauten Schluck und stand auf.

»Und an welche Blumen hatte der Herr gedacht?«

»Lotus.«

»Ach, Lotus, ja. Nichts unter Lotus. Da fürchte ich, musst du nach Japan fahren und die Blumen dort pflücken. Weißt du, welcher Tag heute ist?«

»Heiligabend«, sagte ich.

»Genau. Es ist Heiligabend. Und das Einzige, was wir noch haben, wie du sehen kannst, das sind drei Kakteen, ein Wacholderstrauch und eine Sanseveria.«

Ich hatte keine Zeit.

»Dann will ich blaue Blumen«, sagte ich.

Finsen Selbst schenkte in beide Gläser Sherry nach und gab das eine Frau Finsen Selbst.

»Was um alles in der Welt soll ich mit diesem unmöglichen Kunden machen, den man einfach nicht zufrieden stellen kann?«, fragte er.

Frau Finsen Selbst nahm einen Schluck und lachte.

»Da wollen wir mal lieber sehen, was ich tun kann«, sagte sie.

Und sie band den schönsten Strauß aus vergessenen und weggeworfenen Blumen.

Ich bezahlte Finsen Selbst großzügig.

Dann ging ich in die Haxthausens gate 17 und klingelte an der Haustür, drückte auf die Klingel, an der kein Name stand. Ich wartete lange. Nichts geschah. Es war Heiligabend. Ich hätte jetzt eigentlich zu Hause sein sollen. Ich hätte schon vor langer Zeit zu Hause sein sollen. Mutter und Vater warteten auf mich. Vielleicht riefen sie bei Finsens Flora an, um zu fragen, wo ich denn blieb. Vielleicht weinte Mutter. Ich blieb stehen. Nach Hause konnte ich immer noch gehen. Hierher konnte ich nur heute gehen. Dann hörte ich endlich das Summen an der Tür, nur ganz kurz, als zögerte sie oder bereute es sofort wieder. Aber ich war schnell genug. Ich öffnete die Tür. Im zweiten Stock stand Aurora Stern. Außer Atem blieb ich auf dem Treppenabsatz stehen. Was machte ich da? Ich überreichte ihr schließlich die Blumen. Sie sagte:

»Muss ich nicht unterschreiben?«

»Das ist nicht nötig.«

Aurora Stern ließ mich herein, schloss die Tür hinter uns und nahm mich mit ins Wohnzimmer. Es war immer noch genauso dunkel. Die schweren Gardinen waren immer noch zugezogen. Die gleichen Gerüche: Parfümerie und Apotheke. Nichts hier erinnerte an Weihnachten. Nur die Requisiten, die noch dastanden, glänzten. Ich stellte die Blumen ins Wasser. Mir fiel auf, dass ihre Bewegungen langsam waren, fast zäh, ich konnte gar nicht umhin, das zu bemerken, so ähnlich wie auch ihre Sprache geklungen hatte, das erste Mal, als ich hier gewesen war, als fürchtete sie, einen Fehltritt zu begehen, etwas Falsches zu sagen, als wären Welt wie auch Sprache ein fremder Ort für sie.

»Danke«, sagte sie.

Sie hatte mir den Rücken zugewandt.

Ich wusste nicht, was ich sagen sollte.

»Wer hat Ihnen die anderen Blumen geschickt?«, fragte ich.

»So etwas fragt man eine Dame nicht.«

»Entschuldigung.«

»Habe ich nicht gesagt, dass du das Wort nicht benutzen sollst?«

Ich schaute zu Boden.

»Doch.«

»Ich habe sie selbst bestellt. Verstehst du? Ich habe sie mir selbst geschickt. Findest du das verkehrt?«

»Nein. Das finde ich überhaupt nicht.«

»Aber diese hier, die sind von dir, nicht wahr? Das ist schön. Die allerletzten Blumen an einem Heiligabend.«

Ich sah sie wieder an, wusste nicht, ob sie beleidigt oder dankbar war.

»Ich wollte nur wissen, was passiert ist«, sagte ich.

Aurora Stern wandte sich mir zu und wischte sich die Hände am Kleid ab, genauso langsam, wie sie alles tat, und ich sah, dass die Verbände weg waren.

Sie sagte:

»Setz dich.«

»Ja«, sagte ich.

Ich hörte die Kirchenglocken, die läuteten, von allen Seiten der Stadt, Uranienborg, Frogner, Majorstua, Vestre Aker und Faberborg, und das vermischte sich zu einem fernen, kalten Ton zwischen den Herzschlägen, die Kupfer unter meine Nägel hämmerten. Ich setzte mich. Und Aurora Stern setzte sich mir direkt gegenüber, aufs Sofa, genau wie beim letzten Mal. Ihre Knie waren meinen ganz nah. Eigentlich wollte ich mich zurücklehnen, beugte mich aber doch vor. Und sie legte die Worte nicht in meinen Mund, sondern in meine Hände:

Aurora Stern war eine der Auserwählten. Sie war für den Zirkus auserwählt. Ihre Familie hatte dem Zirkus angehört. Sie waren Clowns, Dompteure, Jongleure und Feuerschlucker. Der Vater war Messerwerfer. Er warf die Messer in einem so engen Kreis um die Mutter, dass die Nähte in ihrem Kostüm rissen. Sie wohnten überall und nirgends. Ihr Zelt wurde im Zentrum der Welt aufgeschlagen. Mitten im Licht der Manege lag die Nabe des Universums. Um die drehte sich alles. Sie trugen das Zentrum der Welt und die Nabe des Universums mit sich und waren grenzenlos. Aurora Stern wurde in Polen geboren, konnte in Italien auf den Händen gehen, schlug den Salto rückwärts in Deutschland, fing die Messer des Vaters in Spanien auf, und in Frankreich stand sie ganz oben auf dem Plakat, und da war sie noch nicht einmal achtzehn: *Cirque d'Hiver, 1932:* Aurora Stern, der Schmetterling, die Morgenröte. Sie war Fängerin am Trapez. Sie hing mit den Füßen an der dünnen Stange über der Manege, in einem Sturm aus Trommelwirbeln und Stille. Sie lernte, dass ihr nicht schwindlig wurde. Wem schwindlig wird, der denkt an etwas anderes. Wem schwindlig wird, der stirbt. Das Einzige, an das du denken musst: die Nummer, die du im nächsten Augenblick ausführen sollst. Aurora Stern fing die Akrobaten auf. Sie war gleichzeitig Schmetterling und Schmetterlingsnetz. Sie schloss die Akrobaten fest in ihren Griff, eine Kette aus Händen, und hob sie zurück in Sicherheit, während sie selbst über der kleinen, viereckigen Plattform auf der anderen Seite schwebte. Und sie reisten weiter. Sie reisten immer weiter. Die Plakate waren in allen Sprachen verfasst, doch der Applaus blieb der gleiche. Aurora Stern, der Schmetterling aus Eisen. Dann kam der Krieg. Er hatte bereits lange geherrscht, aber eines Tages kam der Krieg genau hierher, und sie mussten den Zirkus schließen. Die Truppen wurden aufgelöst. Die Familien in alle Winde verstreut. Verwandte verschwanden, ein Glied nach dem anderen. Die Reisenden wurden von einer anderen Art Eisen gefangen. Aurora Stern suchte Zuflucht in Dänemark, in einem Ferienhaus bei Hornbæk, das einem Direktor vom Tivoli gehörte. Er versorgte sie. Sie bezahlte ihn großzügig. Der Krieg war ohne Applaus. Aber es ist nicht der Krieg, von dem ich erzählen will. Der Krieg ging auch zu Ende. Aurora Stern suchte nach ihrer Familie, in ganz Europa, die Straßen und Plakate entlang, und sie fand niemanden. Die Familie, das waren Massengräber. Die Familie, das waren Ruinen. Die Familie, das war Geschichte, die irgendwann einmal erzählt werden sollte. Stattdessen fand sie Bruno, einen ungarischen fliegenden Artisten. Sie fand ihn in Wien. Beide waren verletzt und verwirrt. Beide näherten sich den Dreißig. Bruno war sogar schon dreißig geworden, zwei Jahre zuvor, log aber hinsichtlich seines Alters, um vielleicht Arbeit in einem aufgegebenen Zirkus zu finden. Denn dreißig, das ist das kritische Alter eines

Artisten. Da wirst du geknickt. Da musst du dich möglichst nach etwas anderem umsehen, etwas anderem als dem Zirkus, wenn nicht, musst du damit rechnen, als ein trauriger Akteur in einem verräucherten Café zu enden, in dem man keinen Eintritt zahlt und wo niemand dich mehr anschauen mag, und das ist die einzige gute Neuigkeit. Ich sage dir, kauf dir lieber einen Tabaksladen in einer freundlichen Stadt, leg ein bisschen Geld auf die Bank, errichte einen weißen Lattenzaun um das Zelt herum, streu Roggen in die Manege, das Einzige, was du nicht tun darfst: Mach nicht so weiter wie bisher. Aurora und Bruno machten weiter, aber es war nichts mehr wie zuvor. Sie probten vier Jahre lang ihre unmögliche Nummer, einen dreifachen Salto mortale. Das ist kein normaler Purzelbaum. Das ist der Kreis des Todes, multipliziert mit drei. Aurora wickelte sich die Bandagen um die Handgelenke und hielt Bruno. Bruno wusch sich die Hände im Sand, und sie waren eine Kette. Keinem wurde schwindlig. Keiner dachte an etwas anderes. Denke an das, was du gerade tust, nicht daran, dass es genau das ist, worauf du dich all die Jahre vorbereitet hast, denke, es ist das erste Mal. Und um Gottes willen, dass dir nur nicht schwindlig wird. Du bist es nicht, der rotieren soll. Es ist die Erde, die rotieren soll. Du hast die Erde in deiner hohlen Hand. Sie bekamen ein Engagement beim Tivoli, Kopenhagen. Das war im Dezember. Es war der Monat des weißen Clowns. Mit anderen Worten: Es hieß entweder – oder. Ich möchte es wiederholen: Bruno soll sich von einem schwingenden Trapez stürzen, der Fängerin entgegen, Aurora, die an den Beinen an einem anderen Trapez hängt, dreimal soll er sich in der Luft drehen, bevor er die Hände der Fängerin mit genauester Präzision trifft, und dann sollen sie einander wieder loslassen, in einem ebenso präzisen Moment, Haut, Nägel, Bandage. Sie sind in Bewegung. Die Trommelwirbel erstarren. Das Publikum holt, wie üblich, tief Luft. Aber etwas geht schief. Aurora Stern lässt ihn los. Aurora Stern verliert ihn. Und Bruno fällt aus dem Licht, während sie auf der Plattform landet, auf der anderen Seite, und ihn fallen sieht. Habe ich schon ihr Haar erwähnt? Es war schwarz, kurzgeschnitten, eine Fängerin, ein Schmetterling, kann keine Zöpfe oder lange Locken haben. Sie blieb auf der Plattform stehen. Sie kam nicht hinunter. Sie riefen nach ihr. Sie brachen die Vorstellung ab. Das Publikum ging nach Hause. Der Leichenwagen parkte zwischen den Zirkuswagen. Sie kam nicht hinunter. Sie mussten sie holen. Und jemand sagte, dass ihr Haar grau geworden war, fast weiß, während sie auf der Plattform stand, über dem Publikum, das einer nach dem anderen widerstrebend die Tribünen verließ. Lebe wohl, Bruno. Morgen bist du vergessen. Doch in meinen Augen stehst du immer noch da, auf der Plattform, direkt unter der Kuppel, in dem alten Zelt, das der Wind längst in Fetzen gerissen hat.

Und seitdem? Nein, darüber reden wir nicht.

Aurora Stern ist nur ein Name. Es gibt sie nicht. Ich habe auch keinen Namen, und darin ähneln wir uns. Es gibt uns nicht.

Erst jetzt fällt mir auf, dass ihr Haar grau ist.

Sie sagt:

»Zeig mir deine Hände.«

Ich zeigte ihr meine Hände. Vielleicht war es das erste Mal, dass ich sie so sah: Sie waren ziemlich dünn, nicht besonders schön, die Knöchel waren glatt, wie kleine Kuppen. Sie sahen aus wie Hände, die noch nicht viel erlebt hatten. Sie drehte sie um, so dass die Handflächen nach oben zeigten, und es war fast schockierend zu sehen, wie blass und faltig sie waren. Sie strich mit ihren Fingern über sie, zum Arm hin, der Pulsader, und dort schloss sie die Fäuste, und ich griff um ihre Handgelenke, und wir waren diese Kette, die Kette aus Menschen, ich kann es nicht anders benennen.

»Dich werde ich nie loslassen«, sagte sie.

»Was?«

»Dich werde ich immer festhalten«, sagte Aurora Stern.

Und damit beende ich diese Vorstellung, auf der Buchmesse in Paris, wo ich von der Bühne fiel, aber ich schwöre, und das sage ich mit der Hand auf dem Herzen, mit der Hand auf meinem doppelten Herzen, dass ich wieder hochkam, ich schwöre, dass ich dem Boden nie nahe kam, denn im nächsten Augenblick saß ich wieder auf dem Stuhl, auf dieser immer noch heruntergekommenen französischen Bühne, die Uhr über der Tür zeigte 19.04, und ich schaute schnell auf meinen Spickzettel und wiederholte wortlos die drei Worte, die ich für diese Gelegenheit notiert hatte, *Zeit, Schweigen, Melancholie*, und eigentlich hätte ich mir vorstellen können, noch ein weiteres Wort hinzuzufügen, *unmöglich*, doch ich tat es nicht, stattdessen zerknüllte ich den Zettel, warf ihn von mir und hob meinen Blick auf mein verblüfftes, vielleicht auch erschrockenes Publikum, und ich sagte:

»Ich bin Schriftsteller geworden, weil die elektrische Gitarre einer Blume ähnelt.«